Aliya face à l'eldorado français

FATIHA DARIF-EL KARIMI

Aliya face à l'eldorado français

© 2024, Fatiha Darif-El Karimi
Édition : BoD – Books on Demand, info@bod.fr
Impression : BoD – Books on Demand, In de Tarpen 42,
Norderstedt (Allemagne)
Impression à la demande

Relu, corrigé et mis en page par Emendora
Couverture : Lydie Wallon, agence 2LI

ISBN : 978-2-3225-2521-8
Dépôt légal : Août 2024

Remerciements

Merci au Tout Rayonnant d'Amour.
Merci, mon cher Papa, pour ton courage.
Merci, ma chère Maman, pour ta résilience.
Merci, mes chers grands-parents, pour votre dévouement.
Merci à ma famille que j'aime du plus profond de mon cœur.

L'amour prend différentes formes, chacune reflétant l'éducation que nos parents ont eux-mêmes reçue, avec ses réussites et ses écueils. Chacun a fait de son mieux avec ce qu'il avait, tout comme nos parents et leurs ancêtres l'ont fait avant eux.

Je souhaite exprimer mon profond respect, mon admiration et ma gratitude envers ces personnes qui bravent les dangers et endurent les souffrances d'un voyage périlleux pour offrir à leurs proches une existence plus prometteuse.

C'est un hommage à toutes ces familles qui portent le poids du sacrifice, faisant le choix difficile de quitter leur foyer pour des terres souvent inconnues dans l'espoir d'un avenir meilleur.

Je célèbre le courage de ces familles qui, confrontées à des circonstances déchirantes, prennent la difficile décision de tout abandonner pour un futur incertain.

Ils incarnent un exemple poignant du fardeau écrasant que représente l'abandon, une réalité vécue et non simplement ressentie, tant pour eux-mêmes que pour leurs familles.

Enfin, je tiens à exprimer ma gratitude envers tous ceux qui ont contribué, de près ou de loin, à la réalisation de ce projet. Votre soutien, vos encouragements et votre présence ont été essentiels. Que ce livre puisse inspirer et toucher ceux qui le lisent, et contribuer à une meilleure compréhension et empathie envers ceux qui bravent l'adversité pour un avenir meilleur.

Je remercie sincèrement Ilham Touchene, dont le talent inégalé a su capturer un moment d'émotion face à un paysage d'une beauté époustouflante. Ce panorama, si parfaitement aligné avec l'essence de mon récit, transcende les mots et apporte une dimension visuelle à l'univers que j'ai tenté de peindre avec mes phrases. La photographie d'Ilham, désormais couverture de ce livre, est bien plus qu'une image ; elle est une fenêtre ouverte sur l'âme de cette histoire. Merci, Ilham, pour ce don précieux.

Je tiens également à exprimer ma profonde gratitude envers mon mari Mimoun El Karimi pour son soutien indéfectible, son amour inconditionnel et sa patience infinie tout au long de cette aventure, mais aussi tout au long de notre vie commune. Ton encouragement constant et ta présence ont été la lumière qui a guidé tous mes projets. Merci pour ta compréhension, ton soutien sans faille et ton amour sans limite.

1. Une fillette espiègle

Dans un petit village niché au fond d'une vallée verdoyante vit une petite fille qui se prénomme Aliya. Elle habite avec sa maman Zohra, sa grande sœur Amina, son jeune oncle Mimid et ses grands-parents.

C'est une enfant atypique, intrépide et pleine de vie.

Tous les matins, elle saute hors de son lit avec enthousiasme et un sourire radieux, prête à explorer le monde qui l'entoure. La nature est son terrain de jeu. Son imagination débordante lui permet de transformer chaque jour en une aventure extraordinaire. Elle se précipite à l'extérieur de la maison pour respirer l'air frais et parfumé de la campagne. Elle regarde cette nature comme si celle-ci communiquait avec elle !

Souvent, Aliya se perd dans la contemplation du ciel dans lequel elle voit des formes étranges constituées par les nuages. Du haut de sa petite taille, elle lève sa tête bouclée vers le ciel pour scruter et déchiffrer les personnages qui s'animent sur la toile bleu azur, telles des esquisses précieuses sur papier. Elle y voit des visages aux contours délicats et des silhouettes gracieuses.

Quelquefois, une forme colossale semble émerger du ciel pour s'adresser à elle. Elle interprète cette image en se disant que la grande silhouette représente Dieu et les autres autour de lui, ses anges. Cette croyance la remplit d'un mélange de fascination et de crainte.

Lorsqu'elle observe cet habitant du ciel, elle a l'impression qu'il communique avec elle d'une manière mystérieuse, ce qui suscite en elle une certaine frayeur ! Cette vision la pousse à se sauver et aller se cacher dans sa chambre, le temps de se ressaisir.

Chaque nouvelle journée est pour Aliya une promesse de découvertes et d'émerveillement.

Les saisons passent et Aliya continue de grandir, nourrissant ses rêves et ses aspirations. Son esprit explorateur l'entraîne vers de nouveaux horizons, et son cœur aimant guide chacun de ses pas.

Dans ce coin enchanteur, Aliya grandit entourée de nature et des personnes qu'elle aime, créant sa propre histoire. Mais ce qui distingue Aliya est la chaleur qui émane de son petit cœur d'enfant.

Son amour pour les autres est profondément ancré en elle, et la fillette partage ce précieux don avec tous ceux qu'elle croise sur son chemin.

Elle vit dans un village éloigné de toute commodité, entouré de paysages magnifiques, avec des montagnes majestueuses et des champs verdoyants.

Aliya aime partager de précieux moments avec son grand-père en se promenant dans les ruelles. Son grand-père est un homme sage qui partage avec elle les récits de son parcours en Algérie, de son enrôlement par Franco en Espagne et de beaucoup d'autres histoires.

Aliya aime écouter cet homme avec attention, ses grands yeux brillant de curiosité et surtout d'admiration. Elle boit ses paroles, emportée par l'imaginaire de ses aventures. Avec lui, elle apprend le respect des aînés, l'amour de la famille, sa culture, ses racines et la valeur du travail.

Les villageois qu'ils croisent saluent chaleureusement le grand-père et sourient à Aliya. Au fur et à mesure de leurs promenades, elle absorbe les connaissances et les valeurs qu'il lui transmet.

Le grand-père d'Aliya, qu'elle adore plus que tout, est un homme sage et bienveillant. Il consacre une grande partie de son temps à cultiver des légumes, des pommes de terre, des fruits et des herbes aromatiques dans un grand potager situé derrière la maison pour se nourrir, et elle se réjouit de pouvoir l'aider dans les tâches quotidiennes. Elle aime sentir la terre sous ses doigts, creuser des trous pour accueillir les semences et les regarder prendre racine. Elle suit les pas de son grand-père dans les champs avec détermination, tenant fermement les outils de jardinage.

Elle est fière de contribuer à la subsistance de sa famille en aidant son « *jadi* » (« grand-père » dans sa langue maternelle) à cultiver leurs propres légumes. Aliya observe attentivement ses gestes, cherchant à l'imiter à la perfection.

Cette petite tribu vit dans une grande maison en pleine construction, dont la cour centrale sert de point de rencontre pour toutes les pièces. Malgré leur vie modeste, ils trouvent des moyens ingénieux pour subvenir à leurs besoins.

La multitude d'arbres fruitiers que le grand-père d'Aliya a plantés tout autour de la maison apportent non seulement des fruits délicieux, mais aussi une ombre appréciable pendant les fortes chaleurs des journées d'été.

Leur mode de transport est une jument, seul moyen de locomotion, fidèle compagnon qui fait office de voiture. Elle les emmène d'un endroit à l'autre, que ce soit pour se rendre au marché, rendre visite à la famille ou explorer les environs, et est chérie comme un membre de la famille.

Une chèvre fait partie de leur communauté. Elle leur fournit du lait frais tous les matins. Aliya aime passer du temps avec elle, la caresser tout en la promenant autour de la maison.

Dans un coin du jardin, des poules occupent un espace dans lequel elles pondent des œufs frais chaque jour. Aliya aime se faufiler parmi ces volailles pour collecter ces œufs, les tenir délicatement dans ses mains, s'émerveiller devant leur coquille lisse, colorée et chaude.

Face aux poules, il y a un enclos où d'adorables lapins multicolores sont élevés. Ces mignonnes créatures font le bonheur de la fillette qui leur rend visite tous les jours pour les pouponner. Certains sont plus espiègles que d'autres. Ils sautillent joyeusement tout autour d'Aliya, l'invitant à jouer avec eux. Elle s'amuse à les poursuivre dans l'enclos, riant aux éclats. Les lapins sont devenus de véritables compagnons pour elle. Elle a créé une certaine complicité avec ces petites bêtes qui semblent comprendre ce qu'elle dit.

Dans cette vie modeste mais épanouissante, Aliya apprend la valeur du travail acharné, de la gratitude envers la nature et la famille. Elle grandit avec la conviction que la simplicité peut être synonyme de bonheur, que l'abondance se trouve dans les petits moments partagés avec ceux qu'elle aime.

Dans le salon de cette humble maison, l'éclairage est assuré par une lampe à pétrole traditionnelle appelée « *kandere* ». Sa lueur vacillante répand une douceur chaleureuse. Aliya et sa famille sont habituées à cette lueur tamisée, trouvant ainsi du réconfort dans cette flamme dansante.

L'eau est une préoccupation constante pour cette tribu dont les membres parcourent à pied une distance de quasiment trois kilomètres pour en puiser dans une source naturelle. Chaque goutte est précieuse, alors ils veillent à ne pas en gaspiller. La fraîcheur que procure ce liquide sacré est une bénédiction dont ils sont reconnaissants.

Le terrain sur lequel se trouve leur maison est traversé par un ruisseau, une véritable bénédiction de la nature. Ce cours d'eau représente une source supplémentaire pour leurs besoins quotidiens. Ils l'utilisent pour les toilettes, pour maintenir la maison propre et pour abreuver leurs animaux.

Vivre en autarcie n'est pas un choix, c'est le mode de vie de tous les villageois. Dans cette région, les commodités n'existent pas. Pour subvenir à leurs besoins, ils utilisent les ressources disponibles dans leur environnement.

Le grand-père d'Aliya, avec sa sagesse et son expérience, guide la famille dans cet art de vivre en harmonie avec la nature. Cette existence autonome, qui peut parfois être dure, leur enseigne la patience et la résilience.

Et ainsi, dans cette maison éclairée par une lampe à pétrole, où chaque goutte d'eau est précieuse, où chaque besogne est durement réalisée, Aliya et sa famille continuent leur chemin avec courage et détermination.

Pour la petite fille, cette vie modeste n'est pas perçue comme un inconvénient. Elle est née et a grandi dans cet environnement paisible et réconfortant, où l'amour de sa famille prévaut.

Aliya est une petite fille casse-cou, pleine d'énergie et toujours en quête d'aventure. Elle n'a pas peur de se salir ou de prendre des risques. Grimper dans les arbres est l'une de ses activités préférées. Agile, elle les escalade, atteignant des hauteurs surprenantes malgré sa petite taille. Elle se balance d'une branche à l'autre avec une confiance débordante.

Son apparence reflète sa personnalité audacieuse. Ses cheveux bouclés, indomptables et emmêlés, sont un reflet de son esprit libre et rebelle. Elle n'accorde pas beaucoup d'importance à sa coiffure et préfère être à l'aise pour toutes ses aventures.

Plutôt que d'être une petite fille traditionnelle, Aliya est un véritable garçon manqué. Elle préfère les activités physiques et l'action aux jeux calmes et conventionnels. Courir, sauter par-dessus des obstacles lui procurent beaucoup d'adrénaline.

Pour occuper ses journées, elle s'est lancée dans la fabrication de ses propres jouets. Elle met à profit son ingéniosité et sa créativité pour créer des objets uniques à partir de matériaux simples.

Un jour, elle commence à créer une automobile. Armée d'un morceau de bambou pour le manche et de bouchons d'eau pour les pneus, elle assemble les différentes parties avec enthousiasme.

Une fois la voiture terminée, elle est fière de sa création et se lance dans des aventures imaginaires à bord de son véhicule fait maison.

Au-delà de son esprit espiègle et de son énergie débordante, Aliya se révèle être une véritable source d'ingéniosité, animée par une détermination à toute épreuve dans tout ce qu'elle entreprend.

Elle est attentionnée, prête à tout moment à partager ses jouets de fortune avec les autres enfants du village. La douceur et le visage charmant de cette petite fille sont tout simplement irrésistibles.

Elle rayonne d'une innocence et d'une beauté captivantes, touchant le cœur de quiconque pose les yeux sur elle. Elle incarne l'amour et possède de multiples talents qui ne demandent qu'à s'épanouir. Elle a une soif insatiable de connaissances, nourrissant ainsi son imagination en permanence.

2. Grand-père, flamme de sagesse

Les petites-filles vivent avec leurs grands-parents et leur mère, Zohra. Leurs aïeux sont leurs piliers ; leur présence bienveillante et leur sagesse sont une source de réconfort et d'amour. Ils partagent beaucoup d'histoires, des moments de complicité.

Aliya a une relation particulière avec son grand-père, à qui elle voue une grande admiration. Pour elle, il est la figure parentale la plus importante, même s'il n'est pas son papa. Il est une source d'inspiration, de courage et de soutien.

D'un âge avancé, cet homme défie le temps avec une grâce qui rappelle l'élégance d'un athlète olympique, prêt à accomplir un acte de virtuosité inégalé. Sa silhouette majestueuse incarne une vitalité qui ne fléchit pas. Ses épaules carrées et sa stature imposante sont autant de piliers à l'image de sa force intérieure, tandis que ses muscles saillants témoignent d'une résilience façonnée par les années. Une barbe blanche, immaculée telle la neige blanche, pare son visage d'une aura de noblesse. Elle semble avoir été tracée par la main d'un artiste méticuleux, chaque poil ajusté avec précision pour épouser la courbe de ses lèvres lorsqu'il sourit. Un parfum subtil, envoûtant, s'échappe de lui, comme une mélodie olfactive qui suscite un bien-être instantané.

Son apparence est le reflet visuel de la sagesse qu'il a accumulée au fil des années, chaque ride et chaque ligne gravée sur son visage racontant une histoire vécue.

Parlant peu, il offre des sourires en abondance, comme des joyaux distribués avec générosité. C'est un contraste saisissant avec la rudesse de son travail quotidien, un témoignage éloquent de son tempérament.

Ses paroles sont précieuses, choisies avec soin, comme des pierres précieuses polies par l'érosion du temps. Aboutalib sait, au fond de lui, que chaque instant est un trésor, et cette philosophie éclaire chacun de ses gestes. C'est un homme qui embrasse la vie avec une passion qui brille dans ses yeux, qui croit en la puissance du présent et en la magie des instants fugaces.

Sa présence rappelle que la vie se déploie dans le présent, et c'est dans cette conscience qu'il trouve sa force et sa joie, transformant chaque jour en une célébration unique.

La source de sa sagesse est profondément ancrée dans les histoires tourmentées de son passé. Dans sa jeunesse, il a été enrôlé dans les rangs de l'armée espagnole. Un fusil, tel un fardeau du désespoir, a été placé entre ses mains, le condamnant à une réalité où la violence et la survie s'entremêlent comme des ombres. Il a été témoin de scènes horribles dans lesquelles des corps jonchaient le sol après chaque bataille. Il a contemplé l'abîme des tranchées et senti le souffle de la souffrance qui planait autour de lui. Des camarades sont tombés, des rêves ont été brisés, et lui, il a survécu, portant les cicatrices invisibles de cette épreuve.

Puis est venue l'épreuve de la faim, un fléau cruel qui a déchiré les mailles du filet familial. Une partie de sa chair et de son sang s'est évanouie dans les tourments de la famine, laissant derrière elle un vide déchirant. Au milieu de tout ça, son père a tiré sa révérence, emportant avec lui un bout de l'héritage familial.

Plus tard, les chemins du destin l'ont conduit en Algérie, loin des bras de son épouse et de ses enfants. C'était une nécessité douloureuse, une séparation imposée par le besoin de gagner son pain dans une terre étrangère. Il a labouré le sol brûlant du pays, travaillant sous le regard condescendant des colons français qui avaient pris racine dans cette terre qui n'était pas la leur.

La hiérarchie de l'oppression a pesé lourdement sur ses épaules, les chaînes invisibles du colonialisme s'enroulant autour de sa liberté. Les vies des indigènes étaient tissées dans l'ombre de l'oppression, leurs rêves et leurs aspirations éclipsées par les ambitions de leurs bourreaux.

Et pourtant, malgré ces épreuves qui auraient pu briser un homme moins résolu, il avait émergé de l'obscurité avec une détermination farouche.

Sa sagesse n'est pas née de la facilité, mais plutôt du feu des épreuves traversées. Chaque obstacle a forgé sa force intérieure, chaque douleur a sculpté son caractère.

Ainsi, son sourire, porteur de tant d'histoires enfouies, est une lueur d'espoir dans l'obscurité. Son amour pour la vie, sa philosophie du moment présent sont des trésors qu'il a gagnés à travers des luttes intenses. Chaque mot aimable est une pierre précieuse taillée dans le minerai brut de sa vie. Une vie qui a traversé les tempêtes pour finalement émerger, rayonnante et résiliente.

Aboutalib, cet homme d'une beauté saisissante, suscite l'admiration dans de nombreux regards envieux, éveillant parfois même la jalousie par sa constante bonne humeur. Sa gentillesse et son intelligence sont égales à sa beauté extérieure, faisant de lui un être véritablement extraordinaire.

Il porte son charisme avec modestie, ignorant les regards envieux et les chuchotements malveillants. Car il sait que la véritable beauté réside dans la manière dont on touche les cœurs, et Aboutalib a le don de toucher les gens avec une élégance qui va bien au-delà de ce que les mots peuvent décrire.

À son retour d'Algérie, Aboutalib s'est senti étranger dans son hameau, perché tout en haut d'une colline. La guerre avait laissé des cicatrices profondes en lui et il avait du mal à s'adapter à la tranquillité de ce lieu paisible où il avait grandi.

Les rues pavées, autrefois si familiales, lui semblaient maintenant étroites et étriquées, loin des vastes étendues qu'il avait traversées en Algérie. Les visages des habitants, autrefois chaleureux et accueillants, semblaient porter le poids des années de son absence. Il s'est alors rendu compte que la guerre l'avait changé à jamais, qu'il était devenu un étranger dans son propre pays. Il a pris la décision de quitter sa terre natale pour s'installer avec sa famille dans une région éloignée.

À son arrivée dans le village, Boudorou, Aboutalib a été accueilli chaleureusement par son nouveau patron, un homme bienveillant rencontré en Algérie, qui lui a proposé de s'installer dans une petite maison pittoresque appartenant à sa famille.

Cette maison, située au cœur du village, est une merveille d'architecture locale, tant par sa simplicité que par son ancienneté. Construite avec de la terre et de la chaux, elle a traversé les âges, portant avec elle les secrets des générations passées. Sa façade conserve l'empreinte du temps, chaque fissure et chaque irrégularité racontent une partie de son histoire. Des poutres en bois massif soutiennent le toit de chaume de cette bâtisse, un art de construction peu onéreux qui a été préservé avec soin par la population locale. À l'intérieur de la maison règne une atmosphère d'antan. Les sols en terre battue sont lisses, les murs décorés de vieilles peintures délavées par le temps, et des fenêtres en bois laissent entrer la lumière du jour.

Aboutalib peut presque sentir la présence des générations précédentes qui ont habité ces murs. C'est comme si la maison était imprégnée de la sagesse et de la mémoire du village tout entier. Malgré son ancienneté, elle demeure solidement construite, témoignant du savoir-faire des artisans d'autrefois.

Elle est devenue le refuge d'Aboutalib et sa famille, un endroit où il peut se connecter avec la tradition et l'histoire de ce lieu paisible. Chaque jour qu'il passe à l'intérieur de ces murs anciens est un voyage dans le temps, une immersion dans le passé qui le rapproche encore plus de ses charmants voisins et de la communauté qui l'a si chaleureusement accueilli. Aboutalib a entrepris de construire une nouvelle vie au sein de ce village où, malheureusement, la misère persiste malgré la solidarité des habitants.

La petite Aliya est née dans cet environnement d'incertitude, un endroit où les moyens matériels et la nourriture sont souvent insuffisants. Cependant, malgré les défis de la vie quotidienne, une richesse inestimable prévaut : l'amour. C'est un amour inconditionnel qui transcende les limites de la pauvreté et de l'incertitude. Les premiers souvenirs d'Aliya sont empreints de l'étreinte chaleureuse de sa famille et de leurs sourires réconfortants.

3. Hanna, une histoire de courage

Hanna, la grand-mère d'Aliya, est une femme qui a traversé des moments extrêmement difficiles. Sa vie a été rude, parfois brutale. C'est une âme courageuse, ayant connu des épreuves qui auraient pu briser n'importe qui.

Hanna a grandi dans des temps sombres, une époque marquée par la guerre et la pauvreté. Les souvenirs de sa vie de jeune adulte sont empreints de luttes et de sacrifices, mais elle a toujours trouvé la force en elle pour avancer.

Hanna, une femme remarquable au courage inébranlable, a élevé ses enfants quasiment seule. Elle est la véritable *leader* au sein de son foyer, bien que son air puisse paraître sévère à première vue.

C'était une femme qui aime apporter du soutien autour d'elle, une véritable source de sagesse et d'aide à la guérison. Les femmes du village viennent la consulter pour bénéficier de ses conseils et de ses remèdes ancestraux, dont elle a hérité des générations passées.

Hanna a l'âme d'une psychothérapeute, un diplôme qu'elle a acquis grâce à l'expérience de la vie, riche d'épreuves en tout genre. Elle a survécu à la famine, à la solitude et à la perte de plusieurs de ses enfants, des douleurs inimaginables qui ont gravé des cicatrices profondes dans son âme.

Elle a été maltraitée par son propre père et s'est sentie abandonnée par son époux lorsqu'elle a refusé de le suivre dans un pays lointain qu'elle ne connaissait pas. Ce choix avait eu des conséquences dévastatrices sur sa vie personnelle et familiale.

Hanna s'est retrouvée livrée à elle-même, sans ressources, sans travail et sans famille pour la soutenir. Elle a dû affronter de nombreux dangers, avec un cœur qui se remplissait de rancune et d'amertume à cause du désespoir qu'elle ressentait.

Les hivers rigoureux n'ont fait qu'ajouter à sa détresse alors qu'elle devait dévaler des sentiers escarpés avec des claquettes en plastique pour se rendre à l'échoppe située à des kilomètres de chez elle, bravant des montagnes de neige avec détermination.

Dans cette partie de la vallée, l'hiver était particulièrement rude, et la saison semblait avoir une influence considérable sur le mental des habitants. L'aigreur se lisait sur leur visage et l'atmosphère était empreinte d'une étrange tension, désagréable et pesante.

Pour Hanna, nourrir ses enfants était une tâche difficile. Elle recevait, de temps en temps, de l'argent de son époux qui se trouvait à l'étranger pour subvenir à leurs besoins. Cependant, même avec cette aide, trouver à manger était devenu un véritable défi en raison de la pénurie alimentaire qui touchait toute la vallée. Mais dotée d'une ingéniosité extraordinaire et d'un caractère à toute épreuve, Hanna utilisait chaque ressource disponible de manière créative pour nourrir sa famille. L'idée de les habiller était encore plus préoccupante.

Malgré les défis constants, Hanna a persévéré, sachant que l'amour pour sa famille était plus fort que tout. Elle a fini par réussir à s'imposer parmi les siens, sa détermination lui valant à la fois le respect et la crainte de ses voisins.

Elle est devenue une figure marquante dans la vallée, mais cela n'a pas été sans conséquences. Son caractère fort et son franc-parler ne plaisaient pas à tout le monde, et un jour, cela lui a coûté cher.

Elle a été chassée du foyer parental, écartée de sa propre famille en raison de ses prises de position et de son refus de se taire face à l'injustice ou aux comportements déplacés.

Les sentiments de ses voisins envers Hanna étaient mitigés. On la craignait pour sa fermeté et sa capacité à être cinglante dans ses paroles lorsque quelqu'un dépassait les bornes. Elle était prête à se battre pour défendre ce en quoi elle croyait. Elle pouvait être impitoyable dans ses paroles lorsque quelqu'un dépassait les bornes. Personne n'osait donc l'importuner, car sa réputation était celle d'une femme au caractère bien trempé.

Sa vie rude l'a forcée à développer des compétences de survie, à se forger un caractère fort pour faire face aux difficultés. Elle a appris que dans ce monde exigeant, il faut se battre contre ce qui est injuste, même si cela signifie parfois devoir s'opposer aux autres.

La cruauté du destin s'est à nouveau abattue sur elle lorsqu'un jour, en revenant des champs, elle a découvert son fils aîné dans un état alarmant. Inquiète, elle n'a pas perdu de temps et l'a emmené consulter une guérisseuse, car à cette époque et dans cette région reculée, les médecins étaient rares, voire inexistants. La maladie de cet enfant est demeurée un mystère malgré tous les efforts déployés, et finalement, il est décédé.

Ce nouveau malheur a frappé Hanna avec une force inimaginable. Son fils, un jeune garçon de douze ans, beau et plein de promesses, avait été emporté sans qu'on puisse comprendre pourquoi. La douleur de la perte était insupportable, brisant le cœur d'une mère qui avait tant d'amour à donner à ses enfants.

La mort de ce fils a marqué Hanna au fer rouge. Elle s'est sentie détruite, écrasée par la douleur, incapable de comprendre pourquoi le destin avait été si cruel avec elle.

Pourtant, malgré l'immensité de sa souffrance, Hanna ne pouvait pas se permettre de s'effondrer complètement. Elle avait encore deux enfants : Hussein, son deuxième fils, Yamna, sa fille. La vie continuait, même si elle se déroulait désormais en mode automatique. Chaque jour semblait être une épreuve insurmontable, mais Hanna n'avait pas le choix.

Elle a puisé sa force dans l'amour qu'elle portait à ses enfants encore en vie, sachant que son existence était désormais définie par la douleur et le deuil, mais qu'elle devait continuer à avancer, aussi difficile que cela puisse être.

Elle a survécu en mode automatique. Hanna a réussi à trouver une manière ingénieuse de subvenir aux besoins de sa famille tout en restant près de chez elle. Elle a développé un petit commerce en élevant des poules pondeuses, ce qui lui permettait de vendre des œufs ainsi que des volailles à d'autres habitants du village.

Cette routine bien établie a apporté un peu de stabilité dans sa vie, mais un nouvel événement est venu chambouler son existence. Elle a découvert qu'elle était de nouveau enceinte. Cette nouvelle, bien qu'elle lui ait apporté de la joie, a aussi été source d'inquiétude en raison des difficultés qu'elle affrontait chaque jour.

Quelques mois plus tard, Hanna a donné naissance à un beau bébé qu'elle a appelé Mimid. L'enfant se portait bien, et sa venue au monde était une lueur d'espoir au milieu des défis quotidiens.

Hanna a décidé d'organiser une fête pour célébrer cette naissance, invitant ses proches à partager leur joie. Cependant, en pleine effervescence durant cette journée de célébration, le destin l'a à nouveau frappée durement. Quelques jours avant la fête, sa fille, Yamna, est tombée très malade. La maladie a progressé à une rapidité fulgurante, et malheureusement, Yamna est morte pendant cette journée qui était censée célébrer la vie avec la venue de Mimid.

La joie de l'arrivée du bébé a été éclipsée par le deuil de Yamna, et la fête s'est transformée en une journée de tristesse et de chagrin.

Pour Hanna, la vie continuait à être un tourbillon d'émotions contradictoires, un mélange de joie et de douleur, d'espoir et de tragédie. Elle a dû puiser dans sa résilience et sa détermination pour traverser ces moments sombres et toujours prendre soin de sa famille, même lorsque son existence semblait être une série ininterrompue de défis.

Les événements tragiques qu'Hanna a traversés l'ont profondément marquée, et elle n'a jamais réussi à se relever complètement de ce choc émotionnel.

La mort de Yamna a engendré un manque profond, un vide béant dans le cœur d'Hanna. C'est comme si une partie d'elle-même avait été arrachée brutalement, laissant derrière elle une douleur qui ne s'effacerait jamais complètement. Le chagrin de la perte de Yamna la hanterait pour le reste de ses jours.

Malgré toutes ces épreuves, Hanna a survécu, et sa force intérieure ainsi que son désir d'aider les autres en ont fait une figure respectée dans le village. Elle incarne la résilience, la bonté et la sagesse, une femme dont le chemin de vie a été parsemé de difficultés, mais qui a su les transformer en une source de compassion et de guérison pour ceux qui la connaissent.

Hanna continue de mener un semblant de vie, portant avec elle le poids de son chagrin et de son amour pour sa fille défunte, ce qui a durci son cœur. Parfois, elle se montre injuste et méchante, comme si la douleur qui la ronge cherchait une échappatoire dans son comportement envers les autres. Elle semble se punir pour ne pas avoir su protéger ses enfants perdus.

Elle a élevé ses garçons avec fermeté, dans une sévérité incontrôlée, et en même temps, les a protégés à l'extrême, comme si elle craignait qu'un autre malheur ne s'abatte sur eux.

Après ces événements, son mari, revenu auprès d'elle, a cherché à la réconforter, mais quelque chose s'était brisé en eux à jamais. Ils semblaient fatigués, désabusés par les épreuves qu'ils avaient traversées ensemble.

La distance, la douleur et la perte les avaient éloignés l'un de l'autre, créant un fossé difficile à combler. Leur famille, marquée par la tragédie et les blessures émotionnelles, était un reflet de la dure réalité de la vie dans cette vallée. Les cicatrices de leur passé persistaient, rappelant que même au milieu des moments de joie, la souffrance peut laisser une empreinte indélébile sur l'âme humaine.

Quelques années plus tard, la famille a pris la décision difficile de quitter la vallée qui avait été le théâtre de moments de joie, mais surtout d'épreuves douloureuses. Ils ont décidé de partir pour une autre région, laissant derrière eux cette sombre époque. Quitter la vallée représentait un nouveau départ, une chance de tourner la page sur les tragédies passées et de construire un avenir meilleur. Le voyage vers cette nouvelle région serait certainement rempli de défis, mais c'était un pas courageux vers l'inconnu, une décision prise dans l'espoir que la vie puisse leur réserver de meilleures perspectives. Leur résilience et leur détermination les accompagneraient, mais peut-être que dans ce nouvel endroit, ils trouveraient un peu de paix et de réconfort pour panser leurs blessures et poursuivre leur voyage.

Quelques années après leur installation à Boudorou, à plusieurs kilomètres de leur ancien hameau, Hanna a décidé que c'était le moment pour son fils, Hussein, de se marier. Le temps avait passé depuis leur départ de la vallée, et Hussein était devenu un jeune homme. Elle s'est donc mise en quête d'une épouse appropriée pour lui.

Hanna a rapidement trouvé une jeune orpheline qui semblait être une candidate idéale pour Hussein. La décision du mariage a été prise et c'est évidemment Hanna qui a orchestré l'ensemble du processus.

La petite famille s'est rapidement mise en mouvement pour organiser le mariage, ne perdant pas une seconde. La vitesse avec laquelle tout cela s'est fait révélait la détermination inébranlable d'Hanna à perpétuer les traditions familiales.

La cérémonie s'est relativement bien passée, et l'arrivée de cette présence féminine dans le foyer a apporté une fraîcheur et un renouveau bienvenus. La maison, autrefois marquée par la douleur et la perte, a retrouvé un certain éclat de vie grâce à cette union qui apportait une nouvelle énergie à leur foyer. Les sourires, les rires et les moments de partage y ont apporté un sentiment de chaleur et de bonheur.

Hanna, en tant que mère, a pu voir que son fils, Hussein, était heureux, ce qui était une source de réconfort pour elle. La présence de la nouvelle mariée, Zohra, a contribué à guérir certaines des cicatrices laissées par les tragédies du passé.

L'espoir d'un meilleur avenir a commencé à briller dans le cœur de la famille.

4. Zohra, l'épouse discrète

Le mariage des parents d'Aliya a été le résultat d'une entente mutuelle entre leurs familles respectives. Il a été arrangé par Hanna selon les coutumes de leur culture, une tradition qui existait depuis des générations. Au départ, ils étaient des étrangers l'un pour l'autre, mais ils ont accepté cette union et respecté les décisions de leurs familles.

Zohra était très jeune lorsqu'elle a épousé Hussein. À peine âgée de 18 ans, elle s'est trouvée confrontée à la tâche exigeante de remplir le rôle d'une épouse. Cette nouvelle responsabilité l'a mise face à des défis auxquels elle a eu du mal à faire face, surtout qu'elle n'avait pas tout à fait été préparée. Encore innocente, elle a appris en même temps à être épouse et belle-fille.

À cette époque, les femmes se mariaient très jeunes, quittant ainsi le cocon familial pour en intégrer un autre totalement inconnu. La belle-fille devenait une dame de compagnie, une infirmière, une femme de ménage qui devait satisfaire les besoins de son nouveau foyer.

L'adaptation à cette nouvelle vie conjugale n'a pas été facile pour Zohra. Elle a été confrontée à des attentes et à des responsabilités qu'elle devait assumer en tant qu'épouse et a eu du mal à trouver sa place dans ce nouveau rôle. Les défis de la vie quotidienne, la gestion du foyer et les attentes sociales pouvaient être accablants pour la jeune femme. On attendait d'elle qu'elle cuisine, prépare les repas, s'occupe de la lessive, et même qu'elle façonne le pain. Autant de tâches essentielles pour maintenir la maison en ordre.

Ces responsabilités étaient souvent considérées comme faisant partie intégrante du rôle d'une épouse. Cuisiner était une compétence essentielle, car elle était responsable de la préparation des repas pour la famille. Elle devait apprendre à préparer des plats et s'assurer que tous étaient bien nourris. La lessive était une autre tâche importante et exigeante, en particulier dans un contexte où les machines à laver n'étaient pas disponibles. Le lavage se faisait à la main.

Façonner le pain était également une compétence précieuse, car c'était un aliment de base de l'alimentation quotidienne. Elle a dû apprendre à préparer la pâte, à la pétrir et à la cuire pour que la famille ait toujours du pain frais à manger. C'était une tâche quotidienne qui demandait de l'habileté et de la persévérance, et la cuisson du pain exigeait de la patience et de la précision. Elle devait à chaque fois utiliser le four Amazigh qui était fabriqué à partir de terre et de paille, ce qui créait un environnement idéal.

Elle devait se servir du bois pour allumer le feu qui chauffait le four à la bonne température. C'était un processus laborieux pour Zohra qui n'avait jamais fait ça auparavant. La cuisine, y compris la préparation du pain, représentait une partie importante de la vie quotidienne de la famille, et Zohra devait maîtriser ces tâches pour répondre aux besoins de sa maisonnée.

Toutes ces responsabilités domestiques représentaient un ensemble de compétences que Zohra devait acquérir pour répondre aux attentes familiales. C'était un apprentissage progressif, et elle avait espéré compter sur le soutien de sa nouvelle famille, notamment de sa belle-mère, pour l'aider à les maîtriser, mais elle a été plutôt surprise de constater qu'au contraire, celle-ci la sermonnait lorsqu'elle ne réussissait pas. Sa belle-mère avait ses propres attentes et idées sur la manière dont les choses devaient être faites. Cette situation était certainement décourageante pour Zohra, qui était encore jeune et en train d'apprendre les responsabilités d'une épouse. Hanna ne comprenait pas les défis auxquels sa bru était confrontée, ce qui conduisait à des critiques plutôt qu'à du soutien.

Cette dynamique familiale était difficile à gérer pour Zohra. Elle se sentait constamment sous pression et stressée en raison des attentes et des critiques constantes de sa belle-mère.

L'apprentissage de ces tâches n'était pas seulement une question de compétences pratiques, mais aussi de compréhension des dynamiques familiales. Zohra avait besoin de temps pour s'adapter et apprendre les ficelles de la vie de couple. Ses débuts étaient marqués par des doutes, des incertitudes et des erreurs, mais avec le temps, elle espérait trouver son équilibre et son assurance en tant qu'épouse.

Le soutien de son mari Hussein était essentiel pour surmonter ces premières difficultés. Le jeune âge de Zohra la rendait moins préparée à assumer les responsabilités d'une vie conjugale. Elle se trouvait dans une période de transition, passant de l'adolescence à l'âge adulte, et cette étape s'avérait encore plus compliquée en raison des attentes de sa belle-famille, et particulièrement de sa belle-mère qui surveillait ses moindres faits et gestes.

Elle essayait de remplir son rôle d'épouse du mieux qu'elle le pouvait, mais elle était encore en train de découvrir qui elle était en tant qu'individu. Les défis de la vie conjugale, les compromis et les ajustements nécessaires étaient autant de découvertes pour elle, et elle devait apprendre à jongler entre sa propre croissance personnelle et ses responsabilités envers sa famille.

Cette période de sa vie a été une étape d'apprentissage, où elle a dû trouver son équilibre en tant que conjointe tout en préservant son identité personnelle. Les défis qu'elle rencontrait étaient une partie normale de l'adaptation à cette nouvelle phase de sa vie, et avec le temps, elle pourrait trouver son propre chemin et sa propre compréhension de ce rôle

Cependant, ce mariage arrangé a été bien plus que cela. Il a été l'opportunité pour Zohra et Hussein d'apprendre à se connaître au sein de l'union, de découvrir la personnalité, les rêves et les aspirations de leur chacun.

Au fil du temps, la relation de ce jeune couple s'est solidement établie. Les premiers défis et les ajustements initiaux ont été surmontés grâce à une compréhension mutuelle, la patience et le respect.

Zohra et Hussein ont appris à se soutenir mutuellement dans les hauts et les bas de la vie conjugale. À travers cette expérience, ils ont développé un amour qui a grandi avec le temps. Leur mariage est devenu un partenariat inébranlable basé sur l'amour, le respect et la confiance. Ils ont construit leur propre bonheur ensemble, tout en respectant les traditions familiales qui les avaient unis au départ.

Leur union est devenue une école de la vie où ils ont découvert comment s'apprécier et s'épanouir en tant qu'individus et en tant que couple.

Leur famille a effectivement joué un rôle crucial dans le point de départ de leur histoire, qui est devenue un témoignage de la manière dont l'amour peut naître et fleurir dans diverses circonstances, y compris dans les mariages arrangés, lorsque deux personnes se donnent la chance de se connaître et de grandir ensemble.

Hussein travaillait fréquemment à l'extérieur, laissant Zohra seule avec sa belle-mère, ce qui pouvait compliquer leur relation à certains moments. Il se retrouvait souvent dans une position délicate, essayant de jongler entre son rôle d'époux et son lien avec sa mère.

Il était important pour lui de rester juste envers Zohra, de la soutenir dans ses responsabilités et de créer un environnement familial harmonieux. Cependant, il devait également maintenir une relation positive et respectueuse avec Hanna, ce qui pouvait parfois être délicat. Trouver un équilibre entre les besoins et les attentes de sa femme et ceux de sa mère était un défi pour Hussein. Cela exigeait qu'il soit compréhensif et patient pour assurer un avenir financier plus sécurisé pour sa femme, son enfant et ses parents. Cette période a donc été marquée à la fois par des changements émotionnels et par des ajustements pratiques, alors que la famille se préparait à accueillir ce nouveau membre avec les deux femmes. Il était important pour lui de soutenir sa femme et de s'assurer qu'elle ne se sentait pas isolée ou maltraitée en son absence. D'un autre côté, il devait aussi honorer sa relation avec sa mère et maintenir des liens familiaux solides.

Zohra, comprenant la difficulté dans laquelle se trouvait son époux, était peinée de le voir écartelé entre elle et Hanna. Dans un geste de sacrifice et de préservation de la paix familiale, elle a décidé de continuer à taire les exactions de sa belle-mère. Avec maturité et sagesse, elle a opté pour une approche de patience et de tolérance, choisissant de ne pas créer de conflits inutiles. Elle savait que les confrontations constantes ou les critiques envers sa belle-mère pouvaient éventuellement mettre en péril la relation d'Hussein avec Hanna et avoir des répercussions sur l'ensemble de la famille. C'est une décision qui exigeait de la patience et du courage de la part de Zohra, mais elle espérait ainsi préserver la paix et éviter des tensions. C'était un acte de dévouement envers son mariage et son époux, montrant sa volonté de faire tout ce qui était en son pouvoir pour maintenir une atmosphère harmonieuse à la maison. Cependant, cela ne signifiait pas qu'elle tolérait nécessairement les exactions de sa belle-mère.

Zohra s'est rapidement retrouvée enceinte, mais ce n'est qu'après quatre mois de grossesse qu'elle a pris conscience de son état. Son manque d'expérience et de discernement l'avait empêchée de détecter plus tôt les signes de ce changement fondamental dans sa vie.

L'annonce de la grossesse a mis en joie toute la famille, et particulièrement les parents qui étaient ravis de devenir grands-parents. Cette perspective représentait l'occasion de voir leur famille s'agrandir, de vivre des moments de joie et de partager leur expérience et leur sagesse avec la génération suivante.

L'idée de devenir père a poussé Hussein à réfléchir à sa situation professionnelle. Il commençait à ressentir la responsabilité croissante de subvenir aux besoins de sa famille. Il a alors décidé de chercher un travail plus stable et mieux rémunéré.

C'était un moment d'anticipation et de préparation pour les défis et les joies à venir.

5. Hussein, le pilier

Hussein a réussi à décrocher un contrat qui lui a permis de partir travailler en France. C'était une opportunité significative pour lui et sa famille, la possibilité d'une meilleure stabilité financière et de meilleures conditions pour son épouse et leur futur enfant.

Mais la situation d'Hussein était déchirante. Le choix entre partir pour l'Europe et rester auprès de sa femme enceinte et de ses parents était un dilemme difficile. Ses sentiments étaient partagés entre ses responsabilités envers sa famille déjà établie et l'obligation d'améliorer leur situation en cherchant des opportunités ailleurs.

Aussi, il appréhendait de quitter le nid familial et de se retrouver seul dans un endroit inconnu... Hussein devait non seulement faire face à la séparation, mais aussi à l'angoisse de l'inconnu et de devoir s'adapter à un nouvel environnement, une nouvelle vie ailleurs.

Les endroits lointains et culturellement différents peuvent susciter de nombreuses inquiétudes, en plus de la solitude et de l'éloignement des êtres chers.

Cette situation met en lumière les sacrifices et les choix difficiles que certaines personnes sont amenées à faire pour soutenir leur famille et chercher un avenir meilleur. Les sentiments complexes d'Hussein reflétaient la réalité de nombreuses personnes qui quittent leur foyer pour chercher des opportunités ailleurs tout en laissant derrière eux ce qu'ils chérissent.

Une discussion avec ses parents lui a permis de clarifier ses motivations et d'obtenir les encouragements dont il avait besoin pour cette nouvelle étape de sa vie. Leur soutien dans cette décision était précieux, car cela lui a donné la confiance nécessaire pour entreprendre ce nouveau chapitre de sa vie. Ils croyaient en lui et en ses capacités, ce qui était source de motivation pour Hussein. En réalité, les parents n'avaient pas le choix s'ils voulaient accéder à un mode de vie avec davantage de moyens.

Quitter son pays d'origine était un choix audacieux et courageux. Hussein résidait dans une région qui, malheureusement, était plongée dans une extrême pauvreté. Cette contrée avait été largement négligée, dépourvue de toute infrastructure susceptible d'offrir des emplois à sa population locale, la privant ainsi des moyens de subsistance.

Le mode de vie de ce jeune homme illustre une réalité qui est malheureusement fréquente dans de nombreuses parties du monde. Les régions extrêmement pauvres et dépourvues d'infrastructures adéquates étaient confrontées à beaucoup de défis économiques. Le manque d'emplois rémunérés rendait difficile la vie de ces villageois. Ils se retrouvaient souvent dans des conditions de vie précaires, de pauvreté et d'insécurité.

Ces régions n'avaient pas accès aux services de base tels que l'eau potable ou les soins de santé, et recevaient une éducation limitée. Le fait que les habitants de la région devaient parcourir de longues distances pour obtenir de l'eau souligne les défis auxquels ils étaient confrontés en matière d'accès aux ressources de base. L'eau potable est essentielle pour la survie et la santé d'une communauté, et lorsque cela devient une tâche difficile et épuisante, cela a un impact significatif sur la vie quotidienne.

Hussein se souvient des journées passées à parcourir des kilomètres à la recherche d'eau dans des sources lointaines, des nuits froides et pénibles, et du manque d'opportunités pour lui et les siens. Face à l'abandon de leur région par les autorités et l'absence cruelle d'infrastructures, la nécessité de chercher un avenir meilleur s'est imposée comme une évidence.

Il lui a fallu un immense courage pour prendre cette décision. Il savait que partir signifiait abandonner tout ce qu'il avait toujours connu : sa famille, sa communauté, sa terre natale. C'était un voyage vers un idéal incertain. Pourtant, c'était aussi la promesse d'un avenir plus clément pour sa femme et son enfant, une motivation puissante qui guidait ses pas vers l'inconnu. Cette décision était difficile, mais elle représentait un moyen pour Hussein de lutter contre la pauvreté et l'insécurité dans laquelle il vivait.

C'était Zohra qui allait se retrouver dans une situation particulièrement compliquée : seule, enceinte de leur premier enfant, avec sa belle-famille, sans la présence de son époux pour la soutenir pendant cette période importante de leur vie. Elle allait devoir faire face aux défis de la grossesse, de l'accouchement et élever son enfant sans son mari, en présence d'Hanna qui pouvait être à la fois source de soutien et de complications, en fonction de leur relation.

Dans l'ombre des préoccupations qui pesaient sur lui, Hussein a trouvé un précieux moment pour apaiser les inquiétudes de son épouse. Il savait que son départ imminent la laisserait seule, avec un fardeau de responsabilités et d'incertitudes. Ses mots ont été doux, empreints de tendresse, tandis qu'il cherchait à la rassurer, à lui donner la confiance nécessaire pour traverser cette période de séparation.

Cette nouvelle épreuve ne ferait que renforcer leur amour et leur lien, les unissant à tout jamais face à l'adversité. Ils savaient que cette situation ne serait que temporaire, un sacrifice pour leur foyer. Ils ont trouvé une force et une détermination qui leur permettraient de surmonter les obstacles qui se dresseraient sur leur chemin.

Une fois les formalités terminées et après avoir tout mis en ordre, Hussein a entrepris de faire ses bagages. Dans cette valise, il n'emporterait pas seulement des vêtements et des biens matériels, mais aussi les espoirs et les rêves de sa famille. Chaque objet qu'il choisissait était soigneusement pesé, chaque souvenir emporté avec une promesse de retour.

Les bagages étaient prêts, l'adieu était imminent, et il savait que ce serait le moment le plus difficile de tous. Il a jeté un dernier regard sur la maison qu'il connaissait si bien, il s'est préparé à entreprendre ce voyage vers l'inconnu, portant avec lui le fardeau de l'espoir et le poids des adieux.

Il a pris le temps de serrer longuement les membres de sa famille dans ses bras, comme s'il voulait emporter avec lui leur odeur, leur souffle, leur chaleur, pour les garder vivants dans son cœur tout au long de son périple. Chaque étreinte était un moment précieux, chargé d'amour et de promesses silencieuses, tandis que les larmes se mêlaient aux sourires.

Mais ils savaient que l'amour qui les unissait était plus fort que tout et que leur lien survivrait à l'épreuve du temps et de la distance. La mère d'Hussein ne pouvait contenir sa peine, son cœur déchiré par la douleur de cette séparation imminente. Son visage, marqué par les années et les épreuves, reflétait toute la peine et l'amour qu'elle éprouvait pour son fils. Les sanglots s'échappèrent de ses lèvres, emplissant la pièce de leur écho mélancolique. Ses bras tendus vers son enfant chéri semblaient vouloir le retenir, le garder près d'elle pour toujours. C'était un moment déchirant, où une mère laissait partir son fils vers l'inconnu.

Hanna a chuchoté à l'oreille d'Hussein que la distance physique ne briserait jamais le lien qui les unissait. Il sentit un nœud se former dans sa gorge en voyant la douleur dans les yeux de sa mère.

Son épouse, toujours discrète, qui lâchait timidement quelques larmes, était bouleversée par cette scène. Cette jeune fille, devenue une femme, s'est retrouvée seule à gérer sa grossesse face une belle-mère très autoritaire.

Les adieux ont été difficiles avec une amertume manifeste dans ces moments d'intense déchirure.

6. La quête d'une vie meilleure

Hussein, qui était sur le point de devenir père, est parti en 1970, laissant derrière lui toute une vie d'expériences variées pour se diriger vers un avenir et un lieu dont il ne savait rien.

Dans l'obscurité étoilée d'une nuit sans fin, un petit groupe de personnes s'est rassemblé, chaque visage portant le fardeau de l'incertitude. Leurs yeux, emplis d'une détermination mêlée de crainte, fixaient l'horizon lointain, là où l'herbe verte et les récoltes abondantes semblaient être un rêve inaccessible.

La terre qui les avait vus naître avait été impitoyable. La sécheresse avait sévi pendant des années, transformant les champs fertiles en déserts arides. Les récoltes avaient échoué, les étagères des épiceries étaient vides, et la famine menaçait à chaque coin de rue. Ils avaient épuisé toutes les ressources et avaient perdu l'espoir d'un avenir meilleur. Et c'est ainsi que, sous le voile de la nuit, ils ont pris la difficile décision de partir. Un voyage périlleux les attendait, à travers les dunes brûlantes, les montagnes escarpées et les mers tumultueuses.

Hussein s'est embarqué dans cette aventure en compagnie d'un groupe de jeunes hommes partageant le même rêve d'un avenir meilleur. Ils savaient que le chemin serait semé d'embûches, mais ils n'avaient pas d'autre choix. C'était une quête de survie, d'une vie plus belle, d'une simple chance de se nourrir. Ils ont laissé derrière eux leurs souvenirs, leur culture, leur histoire.

Leurs pas les ont conduits vers l'inconnu, vers une terre étrangère où l'espoir et la promesse d'une nourriture abondante brillaient au loin.

La vie de ces migrants était un récit de courage, de résilience et de foi, l'histoire de personnes qui ont tout risqué pour pouvoir ne serait-ce que manger, un besoin humain fondamental.

Beaucoup de ces jeunes hommes étaient porteurs d'un rêve, de la vision d'un eldorado lointain en Europe. Ils avaient entendu parler des opportunités, de la prospérité et de la stabilité qui les attendaient de l'autre côté de la mer. L'Europe était devenue un symbole d'espoir, une destination qui semblait promettre un avenir meilleur.

Ils avaient entendu parler de villes scintillantes, de systèmes de santé et d'éducation bien développés et d'une qualité de vie qu'ils n'avaient jamais connue. Ils avaient vu des images de gratte-ciel majestueux, de parcs verdoyants et de rues pavées d'or. C'était l'endroit où ils pensaient qu'ils pourraient enfin satisfaire leur besoin de se nourrir, ainsi que celui de leurs familles restées à la maison.

Le voyage vers l'Europe n'était pas sans défis ni sacrifices. Ils ont traversé des frontières, bravé les mers et affronté des situations difficiles en cours de route. Ils savaient que le chemin serait ardu, mais l'appel de l'eldorado était plus fort que tout.

Cependant, une fois arrivés, beaucoup ont découvert que la réalité était plus complexe que leurs rêves. L'intégration dans un nouveau pays, la recherche d'un emploi et la lutte pour trouver à manger étaient des défis qu'ils n'avaient pas anticipés.

Leur histoire était celle de la quête d'une vie meilleure, de l'espoir, de la persévérance, et de l'adaptation à un nouveau monde, un eldorado plus brillant que l'endroit qu'ils venaient de quitter.

Après la Seconde Guerre mondiale, la France a connu les Trente Glorieuses. Elle a dû tout reconstruire, mais manquait de main-d'œuvre en tout genre. Beaucoup de secteurs de travail, notamment le bâtiment ou l'agriculture, ont été délaissés par la population active française. Elle cherchait ce dont elle avait besoin dans les pays limitrophes et les pays du Maghreb pour pallier ce manque. Les chefs d'entreprises de différents secteurs et les propriétaires de terrains engageaient des personnes venant des pays en voie de développement pour réaliser des tâches ingrates et très difficiles dont les locaux ne voulaient pas.

Les conditions de vie de cette population étaient tellement horribles que ces hommes acceptaient d'endosser le fameux « manteau du sacrifice », renonçant ainsi à l'amour d'une mère, d'un père, d'une épouse, d'une fille ou d'un fils.

Le groupe d'Hussein s'était rendu dans un pays qui avait jadis occupé le Maroc : la France. Pour eux, ce pays représentait un monde aux antipodes de leur propre culture. Ils se préparaient à un véritable défi.

La langue qu'ils devaient apprendre était totalement étrangère, et les codes de conduite, les normes de bienséance étaient radicalement différentes de tout ce qu'ils avaient connu jusqu'à présent. Mais ce qui était vraiment remarquable, c'était leur abnégation totale, leur volonté de laisser derrière eux leur être entier, leur passé, pour embrasser cette nouvelle vie.

C'était une transformation profonde, une métamorphose de l'âme et de l'esprit, témoignant de leur détermination exceptionnelle à réussir dans ce nouvel environnement. Déployer une telle force, une telle résilience ne pouvait être le fruit de caprices ou de simples désirs de confort. C'était plutôt l'expression ultime du désespoir. Lorsque les besoins fondamentaux sont bafoués, lorsque la faim tenaille, l'individu transcende ses peurs et ses doutes, et il fonce. L'instinct de survie reprend sa place originelle, guidant chaque pas, chaque décision.

Hussein, tout comme ses compagnons courageux, est parti en groupe pour affronter une vie qui les mettait au défi. Ils ne savaient ni lire ni écrire, mais ils étaient armés de courage, prêts à parcourir des milliers de kilomètres. Tantôt à pied, tantôt entassés dans des véhicules de fortune, ils avançaient comme des sardines dans une boîte, unis dans leur quête d'une vie plus douce.

C'était un voyage de détermination.

Pour atteindre l'autre rive du continent, ils devaient affronter la mer Méditerranée, dont l'immensité les rendait infiniment petits. À la vue de cette étendue bleue sans fin, ces jeunes hommes se trouvèrent submergés par la peur, se sentant mourir à chaque instant, une mort lente mais imminente. Dans ce moment de terreur, ils ont prononcé la *Chahada*, l'attestation de foi qu'un musulman récite lorsque la mort semble inévitable. C'était un acte de croyance profonde et de dévotion, un cri silencieux vers le ciel dans l'espoir que leurs prières soient entendues et que leur périlleux voyage puisse se prolonger.

Hussein, face à l'immensité de la mer, a ressenti une bouffée d'angoisse qui lui a fait envisager un instant de rebrousser chemin. Ses pensées se sont tournées vers les bras aimants de sa douce mère, où il avait trouvé chaleur et réconfort pendant toute son enfance.

Ses compagnons de fortune ont échangé des regards empreints de peur et d'interrogation, partageant la même inquiétude. Il était indéniable qu'ils étaient bien jeunes pour une telle épreuve.

Leurs corps semblaient lutter contre le fardeau du courage qui leur était imposé, tellement il était trop lourd à porter. Ils avaient à peine quitté l'adolescence, certains d'entre eux arboraient tout juste un duvet timide et clairsemé en guise de barbe. Le plus âgé parmi eux devait avoir 19 ans. C'était une armée de jeunes âmes prêtes à affronter l'inconnu malgré leur fragilité apparente.

Face à ce tapis bleu et l'immensité du sacrifice, Hussein a été pris de tremblements, tétanisé au point de ne plus pouvoir bouger ses membres. Un autre compagnon s'est mis à vomir, la peur s'étant emparée d'eux au point de brouiller leurs perceptions et de rendre leurs pensées floues. L'idée de faire demi-tour a germé dans leurs esprits, tentante face à l'immensité de la mer et à l'incertitude de leur destin.

Mais c'est Mohamed, l'un d'entre eux, qui s'est ressaisi et a insufflé du courage à ses camarades. Il leur a rappelé la faim, la misère dans laquelle ils vivaient, la raison pour laquelle ils avaient entrepris ce périlleux périple. Ils se sont souvenus des familles laissées derrière eux, celles qui ne pouvaient se permettre qu'un repas par jour, celles à qui ils voulaient offrir des jours meilleurs. C'est le rappel de cette souffrance qui leur a donné la force de continuer malgré la terreur qui les étreignait, qui a rallumé la flamme du courage en eux.

Malgré tout, la peur demeurait leur compagne constante dans cette traversée incertaine. Ces âmes, investies d'un destin abstrait, se sont lancées dans cette immensité bleue qui les a séduites par sa beauté silencieuse, paisible et envoûtante. Bercés par les douces vagues enchanteresses, les compagnons se sont autorisés à se reposer et à dormir, laissant derrière eux leurs soucis et leurs craintes.

Quelques heures plus tard, des bruits, des voix lointaines les ont réveillés. Ils ont ouvert difficilement les yeux, éblouis par une lumière intense qui transperçait leurs rétines. Contre toute attente, la traversée s'était déroulée sans encombre. Ils étaient finalement arrivés sur cette terre promise, source d'espoir, d'avenir et de paix. La vue de ce pays leur a fait esquisser un sourire, un signe de soulagement et de gratitude.

Ils ont débarqué, avec pour seuls bagages les modestes sacs qu'ils avaient pris à la hâte pour ce voyage vers l'inconnu. À leur arrivée, ils ont été conduits vers un parking où des individus les attendaient.

Les jeunes hommes regardaient autour d'eux, émerveillés par le paysage sublime qui s'offrait à leurs yeux, telle une carte postale vivante.

Mais un détail particulier a capté leur attention : le bitume ! Ils ont été absolument subjugués par cette étendue de bitume qui recouvrait toutes les routes, remplaçant les chemins de terre déformés de leur village d'origine.

Plusieurs personnes les attendaient au port, tous des hommes. Leurs cœurs étaient emplis d'appréhension face à ces voix étrangères qui parlaient une langue inconnue, une langue qu'ils ne comprenaient pas. C'était le début d'une nouvelle aventure, où chaque pas était incertain, chaque mot était un défi à relever.

Alors, on a commencé à leur parler comme s'ils étaient sourds-muets, utilisant un langage étrange et hésitant, dépourvu de sons mais bien visible : on leur parlait avec les mains. La gestuelle remplaçait la parole.

Ces jeunes hommes, intimidés par cette forme de communication inédite, se sont mis à rougir comme de jeunes vierges effarouchées. Ils ne parvenaient pas à tout comprendre. Gênés, ils ont acquiescé en levant la main pour se porter volontaires, évitant ainsi d'être mis de côté. La faim les tenaillait et ils avaient désespérément besoin de travailler pour gagner de l'argent.

C'était un premier pas dans cet univers étrange et inconnu qui s'ouvrait à eux. Ils étaient soumis aux regards scrutateurs de ces nouveaux visages qui les observaient avec curiosité. C'était comme si on venait de leur livrer du bétail, les Français auscultant avec minutie la corpulence de chacun d'entre eux.

Ils étaient choisis en fonction de leur physique, de leur bonne santé, de leur vivacité et d'autres critères correspondant aux postes de travail disponibles. Cette manière de les sélectionner évoquait étrangement le processus de choix des bêtes par les fermiers.

Une pensée s'est imposée à Hussein : comment les pays développés pouvaient-ils traiter les êtres humains de cette manière ? Dans ce groupe, le papa d'Aliya a rapidement été repéré, son profil correspondant aux critères recherchés. Il était un jeune homme bien élancé, affûté, avec de belles mains rugueuses qui semblaient très vigoureuses. Son regard était vif, charmeur et son beau sourire laissait entrevoir une dentition parfaite.

Un agriculteur a choisi Hussein pour travailler dans ses champs, et Hussein l'a suivi, laissant derrière lui ses amis. Il a alors commencé à travailler d'arrache-pied pour satisfaire son employeur et ainsi conserver son emploi.

Malgré cela, il était sous-payé et logé dans une chambre vétuste partagée avec d'autres immigrés. La nourriture était rudimentaire, mais Hussein s'accrochait en se rappelant sans cesse son objectif principal : aider sa famille restée au pays.

C'est au bout de six mois qu'Hussein a appris la naissance de sa fille aînée. Les moyens de communication de l'époque étaient limités, voire inexistants. Il envoyait des lettres rédigées par celui qui savait griffonner quelques mots ou utilisait des cassettes pour enregistrer un audio, qui arrivaient au bout de quelques mois.

C'est dans ces moments-là que l'on peut voir que « partir » devient en quelque sorte synonyme de « disparaître ». Les nouvelles deviennent rares, ce qui accentue cette douleur de séparation. On ne sait pas dans quelle situation chacun se trouve.

Les conditions de vie des personnes qui rejoignent cet eldorado sont très précaires ! En plus d'être désocialisés, déracinés, ils se retrouvent dans des logements de fortune. Ils ne sont que de passage, alors le confort n'est pas important. Les salaires perçus sont tellement médiocres qu'ils ne suffisent pas pour se loger convenablement et aider leurs familles laissées au pays. Heureusement, les employeurs leur accordent gracieusement des chambres dans de petites baraques construites à la hâte au fond du terrain agricole.

Une année avait filé depuis l'arrivée de ces jeunes hommes audacieux et démunis sur cette terre étrangère. Pour Hussein, c'était un triste constat : sa mission principale s'était achevée brusquement. Monsieur Laurent, leur bienfaiteur temporaire, venait de le congédier ! Il se retrouvait désormais sans emploi et sans abri.

Les questions ont surgi dans son esprit tourmenté : où pouvait-il bien aller, que pouvait-il bien faire ? Mais il ne pouvait pas se permettre de s'attarder sur ces interrogations existentielles. La nuit approchait à grands pas et il lui fallait trouver une solution, une issue, avant que l'obscurité ne l'engloutisse tout entier.

Hussein s'est souvenu de Kacim, le jeune homme qui travaillait chez le voisin de Monsieur Laurent. Il a attendu l'heure du dîner pour lui rendre visite, car c'était à ce moment-là que Kacim rentrait chez lui. Hussein ne pouvait attendre plus longtemps. Il est allé frapper à la porte de son compagnon.

— *Salam* Kacim, *labass* ? a demandé Hussein.

— *Labass, alhamdoulilah*, et toi ? a répondu Kacim.

— Non, ça ne va pas, je suis en panique ! a avoué Hussein.

Kacim, voyant son ami paniqué et refoulant ses larmes, a proposé du thé. Hussein s'est laissé tomber sur une chaise, puis s'est confié à son ami sur ce qui venait de lui arriver, sur ses difficultés du moment et sa peur de ne pas pouvoir subvenir aux besoins de sa famille.

— Comment vais-je faire sans salaire ? Les autres attendent et comptent sur moi, a-t-il dit d'une voix tremblante, le regard égaré.

L'ironie de la situation était glaçante malgré la chaleur de l'extérieur. Hussein ne pouvait plus se loger ni se nourrir, et pourtant, avant de penser à lui-même, il s'inquiétait pour sa famille. Kacim a tenté de le rassurer :

— Tu vas trouver quelque chose ! Il faut être confiant. Demain, nous irons voir Aboubaker. Il a un grand réseau, il connaît du monde. Avec l'aide d'Allah, tu trouveras une solution !

Le lendemain, Hussein s'est retrouvé embarqué dans une mission de trois mois. Il avait obtenu un travail de maçon chez un fermier, qui était en train de restaurer sa ferme.

Pour économiser de l'argent, Hussein s'est installé avec Kacim, et ils ont ainsi partagé le loyer d'une minuscule chambre froide et impersonnelle.

Le nouveau patron d'Hussein, monsieur Robert, semblait perdu, en quête d'un bien-être illusoire qu'il cherchait dans les bouteilles d'alcool. La ferme était en mauvais état, et Hussein avait du pain sur la planche pour la rétablir.

Les journées étaient longues et épuisantes, mais au moins, Hussein avait un toit au-dessus de la tête et de quoi envoyer de l'argent à sa famille au pays. Il demeurait concentré sur son objectif principal : aider les siens à survivre.

L'épouse de monsieur Robert semblait être dépassée par la vie à la ferme, même si elle l'avait toujours connue. Hussein apportait une touche d'exotisme à leur quotidien qui faisait certainement la différence. Sa jeunesse lui permettait d'apporter de la joie à ce jeune couple aigri et perdu dans cette grande ferme. Il faisait preuve d'une grande dextérité et de savoir-faire, ce qui plaisait beaucoup à monsieur Robert, le propriétaire.

Monsieur Robert était tellement satisfait du travail d'Hussein qu'il a décidé de prolonger son contrat de travail. Cela représentait une opportunité pour le père d'Aliya d'assurer un revenu stable à sa famille restée au pays. Il a réussi à négocier une période de répit pour lui rendre visite. Son emploi mieux rémunéré lui avait permis d'amasser suffisamment d'argent pour enfin envisager de rentrer au « *bled* » pour quelques jours de vacances.

Cette perspective de retour à la maison était porteuse d'espoir, et il était impatient de revoir ses proches et de partager les fruits de son dur labeur avec eux.

7. Les eaux du destin

Il est rentré fin octobre, période durant laquelle on travaille moins. Il a pris le bateau pour rejoindre l'autre côté de la mer Méditerranée. Durant la traversée, Hussein a eu une sensation de vertige. Il s'est remémoré la première fois qu'il avait fait ce trajet. Il a revécu ce moment durant lequel la peur avait pris le contrôle. Les nausées sont revenues, le désespoir s'est saisi de son être. Ses mains étaient moites, son souffle s'est accéléré, son corps vacillait.

Il est parvenu tant bien que mal à s'installer sur un banc en s'agrippant à la rambarde du bateau, se demandant ce qu'il lui arrivait. Il a réussi à dépasser ce moment de panique en se rappelant tout le parcours qui lui avait permis d'être sur ce bateau.

Une gentille dame s'est enquise de son état et lui a tendu une bouteille d'eau. Hussein a regardé le visage de cette inconnue aux traits tendres et au sourire apaisant. Il s'est accroché à cette image pour se rappeler que la vie n'est pas que dureté.

Tout à coup, son esprit a basculé dans un monde irréel, empli de douceur. Les limites de la réalité se sont effacées progressivement, laissant place à un lieu magique !

Il a brusquement basculé dans une prairie verdoyante, fleurie. C'était un paysage extraordinaire, avec des couleurs éclatantes. L'air transportait un parfum de doux mélange de fleurs. Les rayons de soleil caressaient délicatement son visage et la bise l'enveloppait. Un sentiment de bien-être s'est emparé de lui.

Les feuilles des arbres dansaient gracieusement au rythme du vent, créant une symphonie de couleurs et de mouvements. Cette douce musique lui a susurré des doux mots d'amour à l'oreille. Ces mots semblaient provenir de la bouche de sa chère mère. La bise et le soleil sont alors devenus des bras chaleureux d'Hanna, qui l'ont enveloppé dans une étreinte tendre et réconfortante. La douceur de sa peau contre la sienne lui rappelait l'amour inconditionnel de cette maman dévouée. Il se sentait protégé, soutenu et aimé. Les bras de cette femme étaient comme un refuge, un endroit où il se sentait en sécurité. La chaleur de son corps lui apportait de la douceur et de la sérénité.

Le réconfort s'est peu à peu estompé, laissant place à la réalité. Il était encore plongé dans cet état de grâce lorsque soudain, une voix l'a arraché à cette étreinte. Une voix lointaine, presque envoûtante, qui semblait le charmer pour l'emmener dans cette réalité ardue, une vie aux défis multiples et souvent difficiles.

Les contours de ce paysage hors du temps sont devenus flous alors qu'il se laissait emporter par cette voix mystérieuse. Son esprit s'est brouillé. Il semblait secoué par la brutalité de ce retour, faisant vibrer chaque fibre de son être et le ramenant à cet instant présent qu'il fuyait.

— Monsieur, vous sentez-vous bien ?

Il a cligné des yeux et tourné la tête pour vérifier l'endroit où il se trouvait. Le paysage étendu qui s'offrait à lui était très différent. Il s'est alors rendu compte qu'il avait été transporté dans un état de rêverie.

L'odeur de l'iode marin l'a instantanément saisi, ce qui lui a permis de reprendre ses esprits. Cette dame, qui venait de le secouer légèrement pour le faire revenir à lui, semblait inquiète. *Qu'est-il arrivé ? Pourquoi est-il assis sur ce banc ?*

Son esprit s'éclaircit soudainement : il venait de s'évanouir. Il se sentait désorienté, mais peu à peu, il a retrouvé son équilibre en s'appuyant sur un objet à proximité. Il a balbutié :

— Oui, Madame…

Le regard de cette femme reflétait une compassion sincère, comme si elle comprenait les épreuves qu'il avait traversées et souhaitait lui apporter un peu de réconfort.

Elle a tendu à Hussein une bouteille d'eau pour qu'il se désaltère. L'eau a glissé le long de sa gorge sèche, apaisant non seulement sa soif physique, mais également sa soif intérieure d'amour et de soutien.

— Merci… a-t-il dit avec gratitude.

Il a offert à cette femme un sourire chaleureux, touché par ce geste de générosité.

Maintenant, il devait revenir à la réalité et reprendre son voyage.

Le capitaine de bord a annoncé leur arrivée au port de Nador. Hussein a salué cette inconnue, puis s'est éloigné. Il a repris la route, portant avec lui cet incident qui lui rappelait que même dans les moments difficiles, des personnes sont là pour nous aider et offrir un peu de lumière et d'espoir.

Il est tranquillement descendu du bateau avec sa valise, son cœur rempli d'amour et sa tête pleine de rêves. Là, Hussein a été submergé par l'odeur enivrante de cette terre qui l'avait vu naître.

Ses narines frémissaient au parfum du thé à la menthe qui flottait dans l'air, et son palais se réjouissait de goûter à cette galette qui fond doucement dans la bouche.

Tout cela lui avait tellement manqué ! Il a contemplé les paysages familiers qui s'étendaient devant lui, chaque colline, chaque arbre, chaque maison évoquant des souvenirs précieux. L'émotion l'a gagné tandis qu'il réalisait à quel point il était heureux de retrouver son pays, sa famille, et tout ce qui lui était si cher. C'était un retour à la maison après une longue absence, un retour aux racines qui le remplissait d'une chaleur profonde et réconfortante.

Il a pris un taxi pour se rendre au hameau où vivait sa famille. Le long du trajet, il s'est laissé envahir par les paysages qui défilaient sous ses yeux, absorbant les senteurs de la terre, des arbres et même celles de cette vieille voiture dans laquelle il était assis de manière inconfortable.

Tout à coup, il a senti ses sens s'éveiller. À travers la fenêtre, les collines ondulantes s'étendaient à perte de vue, un patchwork de vert et de brun sous un ciel d'un bleu profond. Le vent soufflait doucement par la vitre entrouverte, caressant son visage et lui rappelant la douceur de la campagne.

Alors qu'il poursuivait son voyage, il s'est remémoré chaque bosquet, chaque virage de la route, chaque visage accueillant qu'il retrouverait bientôt. Son cœur battait plus fort à mesure que la distance se réduisait, l'excitation et l'émotion mêlées en une douce mélodie. La fenêtre entrebâillée laissait pénétrer les odeurs de la terre humide, le faisant plonger dans des souvenirs lointains. Le voyage vers le passé et les souvenirs commençaient ainsi, portés par le parfum envoûtant de sa terre natale.

Il était encore dans ses pensées lorsque le chauffeur du taxi lui a dit :

— Voilà, tu es arrivé.

Il n'est pas descendu du taxi tout de suite, submergé par l'émotion. L'anxiété montait en lui et il se mit à paniquer, se demandant comment sa famille allait l'accueillir et à quoi ressemblait son enfant qu'il n'avait même pas encore eu l'occasion de rencontrer. Le moteur du taxi ronronnait doucement, tandis que les doutes tourbillonnaient dans sa tête. Le temps semblait suspendu, comme s'il flottait entre le passé et le futur, dans cet espace d'incertitude. Tout se révélait confus dans sa tête : les souvenirs de son enfance, les moments partagés avec ses proches et l'inconnu qui l'attendait.

Finalement, il a pris une profonde inspiration, rassemblé son courage et ouvert la portière du taxi.

Peu importait ce qui l'attendait, il était prêt à affronter l'avenir, à rencontrer son enfant et à retrouver sa famille, dans l'espoir que leur amour et leur lien seraient plus forts que toutes les inquiétudes qui le tourmentaient.

8. Le retour aux sources

Le moment tant attendu était enfin arrivé.

Hussein, l'homme en quête de retrouvailles avec les siens, se tenait devant la porte de sa maison d'enfance. Le soleil du soir baignait la campagne d'une lumière dorée, illuminant les souvenirs enfouis au plus profond de son cœur. Un souffle de vent a caressé son visage, comme si la nature elle-même le saluait pour cette réunion imminente.

Il observait la porte d'entrée, hésitant, la main levée pour frapper. Son cœur battait la chamade et les questions sans réponses tourbillonnaient dans son esprit. Mais avant même qu'il ne frappe, la porte s'est doucement ouverte.

Une silhouette familière s'est dessinée dans l'encadrement. C'était sa mère. Son intuition maternelle était si puissante que sa mère lui a ouvert spontanément et l'a accueilli sans même connaître la date précise de son arrivée.

Les bras de sa mère se sont ouverts en une étreinte chaleureuse et il s'y est blotti avec émotion, sentant son cœur se gonfler d'une chaleur qu'il n'avait pas ressentie depuis longtemps. Ses yeux se sont emplis de larmes, mais aucun mot n'était nécessaire. Leurs âmes s'étaient rejointes dans un élan d'amour et de compréhension. Les années de séparation s'étaient effacées en un instant.

La maison lui semblait plus petite, mais elle dégageait la même chaleur et la même odeur familière, un parfum de souvenirs qui l'enveloppait. Le temps s'est arrêté dans cet instant de réunion, et alors que les mots étaient superflus, les regards et les émotions se sont chargés de raconter l'histoire de ces retrouvailles.

C'était un retour aux racines, à la chaleur de la maison qui avait forgé son passé. Les émotions coulaient comme une rivière et Hussein savait que, malgré tout, il était enfin chez lui.

Sa mère s'est écriée, des larmes de joie ruisselant sur son visage :

— Il est revenu ! Hussein est là, *Alhamdoulilah*, Allah m'a ramené mon fils !

Les mots ont résonné dans la cour, portant une gratitude profonde et une émotion sincère envers cette réunion tant espérée. C'était un moment de grâce, une réconciliation avec le temps et le destin.

Hanna ne pouvait s'empêcher de fixer son fils, comme si elle voulait s'assurer que ce n'était pas un mirage. Ses doigts tremblants effleuraient doucement son visage tandis que ses yeux parcouraient chaque détail, chaque ligne de celui qu'elle avait tant regretté de ne pas voir pendant si longtemps. Chaque caresse, chaque contact étaient un rappel de la réalité de cette réunion, un doux réconfort qui dissipait les doutes et confirmait que son fils était bien là, de retour dans ses bras.

Le père, observant la scène, a rejoint le duo mère et fils dans un élan d'émotion. Son visage était marqué par les années d'attente et de souci, mais il était maintenant illuminé par la joie de retrouver son enfant bien-aimé. Sans dire un mot, il s'est avancé vers eux et a pris Hussein dans ses bras, dans une étreinte qui transcendait les mots.

Zohra se tenait timidement dans l'embrasure de la porte de leur chambre, tenant dans ses bras un enfant d'environ deux ans. Elle observait cette étreinte familiale avec une douce lueur dans les yeux, un sourire timide éclairant son visage.

Hussein, le fils prodigue, s'est légèrement détourné de l'étreinte de ses parents pour regarder sa femme et cet enfant, les yeux brillant d'une émotion indicible. Pour la première fois, il a découvert le visage de sa fille, Amina. Il était timide face à elle et n'osait pas la prendre dans ses bras, comme si c'était irréel. Son cœur s'est gonflé d'amour pour ce petit-être. Il réalisait que la vie lui offrait non seulement la possibilité de renouer avec ses parents, mais aussi de créer sa propre famille, un avenir empli d'amour et de souvenirs à bâtir.

Pendant un mois, Hussein eut le privilège de rester aux côtés des siens qui le chérissaient. Il savoura les délices de la cuisine préparée avec amour par son épouse, découvrant à chaque bouchée les saveurs de la maison qu'il avait tant regrettée. Elle lui préparait des mets délicieux, lui permettant de se régaler de goûts familiers. Ensemble, ils partageaient des moments de complicité qui avaient tant manqué pendant son absence.

Chaque jour était un précieux cadeau.

Son père et lui avaient entrepris un projet spécial : construire une nouvelle chambre pour agrandir la maison familiale, symbole concret de l'expansion de leur famille. Les deux hommes travaillaient main dans la main pour construire cette pièce.

Hussein, empli de gratitude, avait décidé d'offrir à son père une jument robuste, une compagne de travail fidèle qui faciliterait les tâches quotidiennes : transporter l'eau et faire les courses au souk, se rendre au travail.... C'était un geste d'amour et de reconnaissance, un moyen de soulager son père, de contribuer, de prendre soin de ses proches et de leur montrer à quel point il tenait à eux.

La chaleur de ces jours passés avec les siens était inestimable, une réunion qui avait comblé le vide laissé par les années de séparation. Chaque moment était une bénédiction, une opportunité de renforcer les liens familiaux et de se rappeler que l'amour était le véritable ciment de leur foyer. Hussein aurait aimé en profiter encore, mais le temps s'écoulait inexorablement et l'ultime voyage se profilait à l'horizon.

Les souvenirs doux et les moments de joie étaient gravés dans son cœur, toutefois, la séparation imminente pesait lourdement sur son esprit.

Il se rappelait les rires et les sourires de sa famille, les repas partagés, les histoires racontées, les rêves tissés ensemble. Il aurait voulu que le temps s'arrête, que la vie continue à les unir, que la chaleur de ces instants perdure. Mais, malgré la tristesse qui l'envahissait, il savait que le départ pour l'autre monde était une étape incontournable de sa vie. Il avait été béni de connaître cet amour, cette chaleur et il emportait ces précieux souvenirs avec lui dans son voyage.

Le lendemain, Hussein s'est préparé pour son voyage. L'atmosphère était lourde de nostalgie. Une certaine amertume flottait dans l'air et le poids de la séparation pesait sur chaque membre de la famille. Leurs visages étaient marqués par la tristesse, mais aussi par la résignation. Ils savaient que cette séparation était inévitable.

Pourtant, la réalité de l'au revoir était difficile à accepter, empreinte de tendresse et de larmes. Les étreintes se sont révélées plus longues, les mots plus doux.

Hussein s'est retournée une dernière fois pour regarder sa famille, graver leurs visages dans sa mémoire. Il emportait avec lui l'amour, la chaleur et la force de ces liens. Le voyage serait difficile, mais il avait la certitude que la lumière de ces moments partagés brillerait toujours dans son cœur.

9. Le départ des parents

Pendant une décennie, Hussein a vécu seul dans le pays qui l'avait accueilli. C'était une période de solitude, mais aussi d'espoir. Il avait quitté sa famille et ses terres d'origine pour offrir un avenir meilleur à ses proches, et il était déterminé à accomplir cette mission.

Chaque année, il faisait l'aller-retour vers son pays natal pour maintenir ce lien familial si précieux. Ces retrouvailles annuelles étaient un baume pour son cœur, un rappel de ses racines, de son histoire et de l'amour qui le liait aux siens. C'était un équilibre délicat entre sa vie dans son pays d'adoption et son engagement envers ceux qu'il avait laissés derrière lui.

Hussein a eu l'immense joie d'avoir une deuxième fille prénommée Aliya. Une petite fille cocasse et très expressive. Il a senti son cœur comblé. Mais à chaque départ, celui-ci se brisait un peu.

Hussein avait traversé des épreuves et des défis, mais son dévouement envers sa famille était inébranlable. Ces allers-retours étaient le fil conducteur de son existence, une façon de rester connecté à ses origines tout en construisant un futur dans un nouveau monde.

Toutes ces années d'isolement étaient marquées par la persévérance, le sacrifice et l'amour inconditionnel pour ses proches.

Le temps a passé et aujourd'hui, Hussein ressent le besoin de franchir une nouvelle étape dans sa vie. Il aspire à créer un foyer stable et autonome, où il pourra avoir son épouse à ses côtés. L'éloignement commence à trop peser sur lui. Il rêve de réunir sa famille pour qu'ils construisent un avenir ensemble. Cette décision importante ouvrira un nouveau chapitre. Il a l'intention de réunir les siens, son épouse et ses deux filles, et de partager le quotidien qu'il a bâti dans ce pays d'adoption. Il pourra voir grandir ses enfants et créer des souvenirs avec eux. C'est un acte de courage, de foi en l'avenir et d'amour, celui qui a guidé son chemin depuis le début de son périple. Cette phase de sa vie est emplie d'espoir et d'excitation.

La décision d'Hussein provoque un profond désaccord avec ses parents. Pour eux, cela signifie rompre le noyau familial qu'ils ont mis du temps à créer et qui est devenu solide. Zohra, qui contribue à faire tourner la maison, va laisser un vide immense.

Hanna est désemparée : qui va s'occuper d'eux ? Elle et son mari ont deux petites-filles de neuf et sept ans qu'ils adorent plus que tout au monde. C'est insupportable ! Ces fillettes sont les joyaux de leur vie, et l'idée de les laisser partir avec Hussein et son épouse est un déchirement, presque comme être abandonnés une fois de plus.

Les parents d'Hussein ont déjà dû faire face à la perte de deux enfants dans le passé, une douleur qu'ils portent toujours en eux. L'éloignement imminent de leurs petites-filles est perçu comme une nouvelle perte qui leur rappelle leur deuil. Pour eux, cela ressemble à une forme de mort, un départ douloureux qui ravive les blessures du passé.

La décision d'Hussein est un défi déchirant pour toute la famille, illustrant les conflits entre la poursuite de ses rêves et son amour et son attachement profond envers les siens. C'est une situation complexe émotionnellement, où chacun doit faire face à des choix difficiles et à de profonds sentiments de perte.

Le désespoir dans les yeux éteints de sa mère et la peine dans le regard de son père sont insupportables pour Hussein. Il peut sentir la douleur de leur séparation imminente. Constatant l'angoisse et la détresse de ses parents, Hussein cède à contrecœur à la volonté d'Hanna. Cette dernière espère ne pas être abandonnée, non seulement sur le plan émotionnel, mais aussi sur le plan financier.

Les deux petites filles se retrouvent ainsi prises en otage entre deux générations, au milieu de ce conflit complexe. Malgré la tristesse de la séparation et leur amour pour leurs aïeux, elles préféreraient partir avec leurs parents. Mais on ne leur demande pas leur avis.

C'est une situation compliquée pour tout le monde, une preuve des compromis et des sacrifices que l'on doit parfois faire au nom de l'amour familial.

Le désir d'Hussein et Zohra de saisir un avenir meilleur pour leurs filles et la douleur de les laisser derrière eux cette fois s'opposent. La situation est à la fois complexe et bouleversante.

Pour le départ, Zohra est vêtue d'une belle robe noire d'une élégance sobre, comme si elle se rendait à un enterrement. C'est le reflet de son chagrin profond et de sa tristesse. Les larmes dans ses yeux et la lourdeur dans son cœur témoignent de la peine insurmontable qu'elle ressent.

Elle embarque dans une berline noire, conduite par un monsieur d'un certain âge. Ses filles sont désorientées, ne comprenant pas vraiment ce qu'il se passe. Aliya, leur seconde fille, est particulièrement choquée par cette soudaine séparation. Le déchirement est à son paroxysme lorsque la cadette se jette sur la voiture de ses parents en les suppliant de la garder auprès d'eux.

Elle pousse un hurlement, un cri d'horreur exprimant son désespoir face à cet éloignement brutal. On ressent dans son cri sa peur de l'abandon, sa confusion et sa douleur. Elle ne peut pas supporter l'idée d'être séparée de ses parents, de perdre le cocon familial qu'elle a toujours connu.

Hussein et Zohra sont bouleversés par la détresse de leur fille, mais leur décision est prise. C'était un moment déchirant, où les émotions sont à vif et où l'amour se heurte à la réalité difficile de la vie.

Ils partent le cœur lourd, sachant que le chemin devant eux sera difficile, mais avec l'espoir qu'un jour, ils pourront à nouveau réunir les leurs. Leur douleur était incommensurable, mais c'est le prix de leurs rêves et de leur désir d'offrir un avenir meilleur à leurs enfants.

Hussein et Zohra regardent leurs filles s'éloigner à mesure que la voiture prend de l'allure. Les grands-parents s'avèrent aussi désorientés que les enfants. Hanna vient de réaliser l'atrocité dont elle a fait preuve par amour. Elle tente de réconforter ses petites-filles en les serrant affectueusement dans ses bras pour les consoler. Elle fait de son mieux pour apaiser leur chagrin. Mais rien ne peut calmer Aliya, la plus jeune, dont le cœur est brisé. Sa douleur est profonde, et aucune parole ni aucun geste ne peut l'éteindre. Elle ressent un désarroi infini, ne comprenant pas pourquoi sa famille est soudain brisée, pourquoi ses parents sont partis, laissant un vide dans son cœur.

C'est un moment poignant, où l'amour et la douleur se mêlent, où l'innocence des enfants se heurte à la difficile réalité de la vie.

Quelques mois plus tard, Amina et Aliya ont retrouvé une certaine routine. Elles ont réintégré l'école, essayant de se plonger dans leur scolarité et leurs activités quotidiennes. Cependant, malgré leurs efforts pour continuer leur vie, leur regard trahit une profonde tristesse, un vide évident. Le manque de leurs parents est palpable, il se lit dans leurs yeux. Les étincelles de joie ont laissé place à un sentiment de perte qui les accompagne partout où elles vont. Elles portent le lourd poids de leur absence.

Leur vie a été marquée par cette séparation brutale, et même si elles essaient d'avancer, elles ressentent un manque constant dans leur cœur. La tristesse est devenue leur compagne silencieuse, un rappel permanent de ce qu'elles ont perdu.

Il est évident qu'Aliya est plus profondément affectée par la séparation. Sa vulnérabilité et sa jeunesse la rendent plus sensible à l'absence des êtres chers, surtout celle de la maman. Ses émotions sont plus intenses, sa tristesse plus palpable. Cette épreuve a laissé d'importantes cicatrices émotionnelles en elle, et il lui est plus difficile de masquer son chagrin. Le vide profond et le gouffre de douleur qu'elle ressent n'ont d'égal que la mort. C'est comme si une partie d'elle-même avait été arrachée, laissant un vide béant et un sentiment de désolation. C'est une douleur qui la marquera à jamais, et elle doit trouver le moyen de faire face à ce deuil silencieux et de donner un sens à sa vie malgré cette immense perte.

Zohra a également du mal à faire face à la séparation. Elle se sent déconnectée, comme si elle flottait dans un état d'apathie, loin de la réalité qui l'entoure. Sa douleur et son chagrin sont si accablants qu'elle a du mal à se concentrer sur les tâches quotidiennes, et il lui semble parfois qu'elle est sur une autre planète. Chaque jour passe dans un brouillard d'émotions intenses, rendant difficile toute forme de concentration.

Le vide laissé par ses filles est profond, et il semble impossible pour Zohra de trouver un sens à sa vie sans leur présence. Elle porte aussi le fardeau de la séparation, mais elle doit faire face à cette douleur dévastatrice et continuer à avancer malgré le sentiment d'abandon qui la tourmente.

Zohra ressent une certaine culpabilité face à la décision qu'ils ont prise, motivée par leur désir de liberté. Elle se demande parfois si les sacrifices qu'ils ont faits étaient justifiés, si leur quête d'une vie meilleure légitime la douleur de cette séparation.

Elle se pose des questions sur ce qu'elle aurait pu faire différemment. Auraient-ils dû rester dans un état de pauvreté, d'oppression, et subir la tyrannie de leur famille, ou ont-ils bien fait de partir à la recherche d'un avenir meilleur pour leurs enfants ? C'était un dilemme difficile, et Zohra se débat avec ses émotions.

Elle sait qu'ils ont fait le choix de la liberté, mais cela n'atténue pas sa douleur. Elle doit trouver un moyen de composer avec cette culpabilité tout en poursuivant leur quête d'une vie plus belle.

10. Aliya face à la solitude

Aliya se retrouve seule, malgré la présence de ses grands-parents, de son oncle et de sa sœur. Elle est submergée par un sentiment qu'elle a du mal à exprimer. Être éloignée de ses parents a créé un vide immense en elle. Elle se sent perdue, désemparée, incapable de mettre des mots sur sa douleur. Ce sentiment indescriptible l'a envahie et maintenant, elle n'arrive pas à trouver comment faire face à la réalité de sa nouvelle vie sans leur présence. Toutes sortes d'émotions se mélangent en elle, allant de la tristesse à la colère, en passant par l'incompréhension.

Le vide laissé par sa mère bien-aimée ne peut être comblé. L'absence de son père est habituelle en raison de son travail à l'étranger. Cependant, le départ de sa maman, de celle qui l'a mise au monde, est une douleur nouvelle et insoutenable pour Aliya. La pensée que sa mère ne sera plus là pour la soutenir, la réconforter et l'aimer est une réalité difficile à accepter.

Elle doit apprendre à vivre avec cette peine, à apprivoiser ce vide et trouver un moyen d'y faire face. Aliya a encore beaucoup de chemin à parcourir pour accepter la situation et exprimer ses émotions.

Il s'est passé quelque chose d'étrange en elle, un changement radical qui a laissé une cicatrice invisible. Quelque chose vient de se briser, et elle se sent anesthésiée. Pour ne plus éprouver la douleur de la séparation, elle apprend à se protéger en refusant l'amour. Elle développe une méfiance envers les liens affectifs, car elle perçoit l'attachement comme un piège dans lequel on est forcément rejeté lorsqu'il devient trop fort. Son cerveau a créé ce mécanisme de défense pour la protéger de la douleur de l'abandon. Si elle a été abandonnée par la personne qui était censée la protéger et l'aimer plus que tout, alors n'importe qui pourra la rejeter à l'avenir. Voilà ce qu'inconsciemment, elle se dit tout bas.

Pour se protéger davantage, Aliya, qui était autrefois douce et aimante, s'est transformée en une petite fille bagarreuse. Elle est devenue boudeuse, cherche constamment les conflits, que ce soit avec des enfants de son âge ou avec les adultes. Elle n'a pas froid aux yeux, et son tendre cœur s'est teinté d'une autre couleur, l'amenant vers la colère et la jalousie. Les émotions complexes qui l'habitaient se manifestent par des réactions impulsives et parfois agressives. Elle ne veut plus être vulnérable, préférant défendre son cœur à tout prix, même si cela signifie créer des conflits. C'est une transformation profonde pour une si jeune enfant, mais elle essaie de se créer une carapace pour se préserver.

***

Une année s'est écoulée depuis le départ des parents d'Amina et Aliya. Elles ont appris à vivre sans leur mère, même si la douleur de son absence reste forte. Heureusement, elles sont aimées du village et bénéficient d'un soutien précieux.

Dans ce petit hameau où tout le monde se connaît, chacun est au courant de l'histoire des autres. Les enfants sont considérés comme ceux de tout le village, et ils sont entourés d'affection et de solidarité. La communauté les avait prises sous son aile, offrant son soutien aux deux sœurs dans cette période difficile.

Même si leur vie a été marquée par la séparation de leurs parents, Amina et Aliya ont trouvé une forme de stabilité et de réconfort au sein de leur village, où l'amour des habitants les aide à surmonter les épreuves.

Les deux petites filles se rendent à l'école à pied chaque jour. Leur maison est située à environ un kilomètre de celle-ci, ce qui fait que leur trajet est plus long que ceux de leurs camarades.

Comme une sorte de routine militaire, à chaque maison sur leur chemin, un enfant se joint à elles pour former un groupe de marche. Cette habitude a créé un lien spécial entre les enfants du village, renforçant leur amitié et leur solidarité. Ensemble, ils parcourent la route jusqu'à l'école, partageant des conversations, des rires et des moments de complicité.

En traversant le centre du village, les enfants ne peuvent résister à la gourmandise. Ils s'arrêtent pour savourer des douceurs locales, et Aliya a une préférence particulière pour les churros au miel. Leur petite escapade gourmande ajoute un peu de douceur à leur trajet matinal vers l'école, et les délices sucrés leur mettent le sourire aux lèvres. C'est un petit plaisir qui illumine leur journée.

Ce qui les anime, c'est le fait qu'ils ont de l'argent, même s'il s'agit de simples centimes. Cela leur donne un sentiment de grandeur et d'indépendance, car ils peuvent acheter leurs propres gourmandises. C'est un petit trésor pour eux et la possibilité de se procurer leurs douceurs préférées ajoute à l'excitation de leur escapade. Les centimes, bien que modestes, représentent une forme de liberté et d'autonomie pour ces enfants qui savent apprécier les petits plaisirs de la vie.

Aliya a un esprit différent de celui des autres. Elle espère obtenir des pièces pour pouvoir s'acheter des cahiers, des stylos et d'autres fournitures scolaires. Alors que ses camarades dépensent leur argent pour des plaisirs éphémères, Aliya a des aspirations plus profondes. Son attitude témoigne de sa persévérance et de sa soif de connaissances, des qualités qui la distinguent des autres enfants de son âge.

Nous sommes fin juin, l'école touche à sa fin, et les vacances sont les bienvenues pour ces élèves qui attendent avec impatience l'occasion de profiter de la plage située à proximité de chez eux. Les journées ensoleillées et les eaux cristallines offrent l'opportunité de se détendre, de jouer dans le sable et de se rafraîchir. C'est un moment de joie et d'insouciance, où ils peuvent oublier les préoccupations de l'école et s'amuser en toute liberté.

Malgré les magnifiques paysages et les instants de bonheur passés à la plage, Aliya espère une seule chose de tout son cœur : revoir ses parents bien-aimés. Les vacances d'été sont une période de distractions et d'amusement, mais pour elle, ses parents manquent cruellement à ces moments. Les souvenirs de sa mère et de son père sont toujours présents, et elle garde l'espoir de les revoir un jour. Les vacances peuvent être joyeuses, toutefois, il y a toujours une part de tristesse dans le cœur d'Aliya, une mélancolie liée à leur absence.

Elle espère tellement leur retour qu'elle s'applique à aider dans les tâches ménagères pour que sa maman trouve la maison propre et accueillante en arrivant. Elle s'emploie avec sa sœur Amina et son oncle Mimid à aller puiser de l'eau à la source habituelle pour remplir les jarres et les réservoirs qui servent à leur consommation personnelle ainsi qu'à prendre des douches. Les gestes simples comme la collecte de l'eau et l'entretien de la maison sont un moyen pour elle de préparer le terrain pour l'accueil de ses parents adorés. Son espoir est palpable dans chaque action qu'elle entreprend, et sa détermination à maintenir un foyer chaleureux est touchante.

Pour balayer la cour en terre de leur maison, Aliya apprécie particulièrement utiliser le balai berbère, fabriqué à la main avec les feuilles de palmiers, qu'elle peut manier à sa guise et qui est adapté à sa petite taille. Elle se courbe légèrement pour avoir une vue d'ensemble sur l'espace et s'assurer de ne rien laisser derrière elle. Sa minutie et son souci du détail s'avèrent remarquables, surtout pour une jeune fille de son âge. Elle fait preuve d'une grande habileté en utilisant ces outils traditionnels. Elle veut que chaque coin de la cour soit propre et soigné, afin que ses parents retrouvent un foyer accueillant à leur retour. Malgré son âge, Aliya est une force travailleuse et consciencieuse.

Ce jour-là est particulièrement spécial : la famille vient de recevoir des nouvelles des parents. Cependant, elles ne sont pas ce qu'ils attendaient. Ils apprennent que Zohra et Hussein ne rentreront pas comme prévu, car leur maman doit accoucher. Ce qui aurait pu être une bonne nouvelle en soi – puisque Zohra n'arrivait pas à tomber enceinte ces dernières années – est pour Aliya une source de confusion et d'inquiétude.

Pour elle, le message est tout autre : on lui enlève sa maman une nouvelle fois. Ce n'est pas ce qu'Aliya imaginait. Qui est ce bébé qui la prive de sa mère tant attendue ? Qui est cette nouvelle venue qui semble prendre la place qu'elle a si ardemment voulue ? Pourquoi cela doit-il arriver maintenant ?

Toutes ces questions tournent dans la tête d'Aliya, mélangeant frustration et inquiétude, alors qu'elle essaie de comprendre cette nouvelle étape de sa vie. C'est un moment de chamboulement émotionnel pour la jeune fille qui cherche à trouver sa place dans cette nouvelle réalité.

Aliya se résigne à l'évidence ; elle a compris qu'elle devrait attendre une nouvelle année pour revoir sa mère. C'est une vérité difficile à accepter, mais elle sait que la naissance de sa petite sœur est un événement spécial pour sa famille. Elle essaie de comprendre et d'accepter les changements qui se produisent dans sa vie. Aliya a appris très tôt à faire preuve de patience et de maturité pour éviter les déceptions.

Les jours se succèdent, et Aliya et Amina continuent leur routine sans la présence de leurs parents. Le soleil qui autrefois brillait d'une lueur d'espoir semble de plus en plus terne. Leur chemin vers l'école, auparavant rempli de rires et de jeux, devient de plus en plus mécanique. L'absence de leurs parents pèse sur leurs cœurs, créant un vide qui se fait sentir à chaque instant de leur quotidien.

Leurs camarades de classe partagent des souvenirs d'enfance joyeux, mais pour Aliya et Amina, ces moments étaient sont teintés d'un sentiment d'inachevé. Les cours à l'école, les jeux avec les amis et les tâches ménagères ont progressivement perdu de leur éclat.

Malgré leur résilience et leur détermination à persévérer, elles éprouvent profondément ce sentiment d'abandon. Les sourires sur leurs visages, autrefois lumineux et insouciants, sont devenus plus rares. Tous les soirs, elles regardent les étoiles dans le ciel, espérant que leurs parents pensent à elles de la même manière.

Le village, tout en continuant à mener sa vie paisible, est le témoin silencieux de la lutte intérieure des deux sœurs. Chaque saison apporte son lot de défis et de découvertes, mais l'absence de leurs parents demeure un poids constant sur les épaules des deux jeunes filles. Elles ont été privées de l'innocence de l'enfance et trop vite été confrontées à la dure réalité de la vie.

Mais malgré tout, elles persévèrent, portant en elles l'espoir que peut-être, un jour, leurs parents reviendront pour les embrasser à nouveau.

11. L'école du village

L'école est une grande source d'apprentissage. Aliya est scolarisée à celle du village, où elle partage son temps avec ses camarades de classe. C'est un endroit où elle peut apprendre, mais surtout interagir et jouer avec les autres enfants de son âge. Le moment où elle rejoint ses copains est toujours rempli d'excitation.

L'école du village est un lieu humble et modeste. Les bâtiments portent les marques du temps, avec des murs usés et des fenêtres qui ont vu passer des générations d'élèves. Les salles de classe sont simples, équipées de tables de travail à l'ancienne, rappelant l'esprit des récits de Marcel Pagnol. Les équipements sont minimalistes et dégradés, mais forment un espace où les enfants peuvent s'instruire. Les livres, souvent vieux, ont été conservés avec soin pour permettre aux élèves d'accéder aux connaissances. La cour de l'école, avec ses bosses et ses creux, est un terrain de jeu qui reflète la nature, simple et pure. Elle est laissée à son état originel, sans revêtement en bitume.

Les enfants du village sont familiers avec ces irrégularités qui composent leur environnement quotidien. Les chutes et les égratignures sont monnaie courante dans cette cour accidentée. Ces petits incidents sont vite oubliés, car l'esprit de camaraderie et l'excitation du lieu surpassent la douleur passagère. Les enfants se soutiennent, se tendant la main pour se relever et continuer à jouer.

Ainsi, dans cette cour avec ses imperfections et ses surprises, les enfants apprennent à s'adapter aux défis que la nature leur présente, à développer leur équilibre et leur coordination. Pendant les récréations, ils se divertissent avec une variété d'activités. Parmi leurs préférées, on trouve la marelle, le saut à l'élastique et bien d'autres jeux ludiques et variés, mais simples.

Cependant, Aliya a une préférence pour un jeu appelé « *imzagfan* », également connu sous le nom de « jeu des osselets » dans d'autres régions du monde. C'est un jeu traditionnel qui demande de la précision, de la dextérité et de la concentration. Il se joue avec des cailloux similaires et se transmet de génération en génération.

Aliya est enthousiaste et curieuse, toujours avide d'apprendre de nouvelles choses. Lorsqu'elle intègre la classe de CE1 avec le maître Hassan, elle est remplie d'excitation. Cette année scolaire lui paraît remplie de promesses. Elle aime se rendre à l'école pour élargir ses connaissances et explorer de nouveaux horizons.

Contre toute attente, Aliya est confrontée à une expérience d'apprentissage bien différente de ce à quoi elle s'attendait. Malheureusement, le maître Hassan se révèle être une personne dépourvue de bienveillance.

Au début, Aliya est déconcertée par les comportements et les méthodes d'enseignement du maître Hassan. Il se montre souvent autoritaire, favorisant certains élèves au détriment d'autres et usant de la critique plutôt que de l'encouragement.

Cette découverte remet en question sa confiance envers les adultes. Le maître utilise son autorité pour intimider et humilier certains enfants de la classe et mettre en place un climat de contrôle tyrannique.

Aliya vit dans un village dans lequel les habitants ne parlent pas la langue nationale, utilisée uniquement par obligation et principalement à des fins administratives. Toutefois, l'enseignant interdit aux élèves de parler leur langue maternelle. Les enfants, encore plongés dans leur innocence, suivent les instructions, ils apprennent la langue nationale avec joie.

Malgré cette situation difficile, Aliya trouve le courage de résister et refuse de se décourager. Elle puise sa force dans son amour pour l'apprentissage et sa détermination de réussir.

Cependant, malgré sa passion pour l'école, Aliya se retrouve confrontée à une situation éprouvante : la violence de son instituteur. Cette contradiction entre son désir d'apprendre et cet environnement agressif crée un conflit intérieur qui lui fait mal. Alors, elle commence à ne plus apprendre ses leçons.

Chaque matin, le maître interroge quelques élèves, au hasard, sur le cours de la veille. Lorsqu'ils ne savent pas répondre, il leur demande de tendre les mains et commence à les frapper. Parfois, Aliya fait partie de ce groupe d'élèves désobéissants.

C'est sa façon de manifester son mécontentement et sa rébellion contre cette injustice. Chaque fois que le maître fait preuve de violence, elle ressent une colère bouillonnante en elle. Intérieurement, elle refuse de se soumettre à cet abus de pouvoir et à cette cruauté.

L'instrument de torture utilisé est une règle en bois à quatre côtés. Le claquement sourd de la règle résonne dans la pièce, amplifiant l'atmosphère pesante. Ce son est devenu synonyme de douleur et de peur pour les enfants, à la fois déchirant et insupportable. Les vibrations de cette violence résonnent jusqu'au plus profond de l'âme d'Aliya, faisant naître en elle un mélange de colère et de tristesse.

Les camarades qui ne sont pas interrogés se retrouvent témoins de ces scènes horribles. Pour échapper à cette vision et éviter de ressentir eux-mêmes cette douleur physique et émotionnelle, les autres enfants se cachent la tête dans leurs bras.

Chaque enfant peut ressentir la souffrance lancinante qui se propage dans tout le corps de leur camarade, tout en imaginant les larmes couler sur son visage. Ces scènes de torture cruelles sont une réalité connue de tous, mais passée sous silence.

À la fin de ce châtiment, qui semble durer une éternité, le bourreau décide de relâcher sa victime, mettant fin à cette torture insoutenable. Reprenant son air de supériorité, le maître retourne à son bureau avec un sourire en coin adressé au groupe de petites filles assises au premier rang. Ces petites filles appartiennent aux familles des gendarmes du village qui sont considérés comme des notables.

Aliya constate amèrement que ces élèves ne subissent pas ce traitement de torture. Cela ne fait qu'ajouter une couche au sentiment d'injustice qu'elle ressent. Lorsqu'elles n'apprennent pas leur leçon, le maître a une punition spéciale pour elles. Il leur demande simplement de se mettre devant le tableau à cloche-pied.

Cette punition, certes humiliante, ne cause aucune douleur physique ni psychique. Au contraire, elles semblent s'amuser de ce privilège. Une fois, Aliya a pu bénéficier de ce traitement de faveur lorsqu'elle s'est retrouvée à être interrogée en même temps que ces demoiselles. Elle n'avait pas appris sa leçon. Embarrassé, le maître lui a demandé de rejoindre les autres élèves qu'il avait déjà punies au tableau. Il ne pouvait plus faire marche arrière.

Il se rattrape plus tard, en fin d'année, lorsqu'il décide de la faire redoubler. Le châtiment qu'il lui inflige est empreint d'une rage incompréhensible. Il la fait s'allonger sur la table et commence à la rouer de coups sur la plante des pieds. Ce traumatisme marque Aliya pour la vie.

Malgré cette situation horrible, elle adore apprendre. Son esprit curieux et avide de connaissances la pousse à observer son environnement, à se poser des questions existentielles malgré son jeune âge. Elle est constamment en quête de réponses et cherche à comprendre le monde qui l'entoure. Son esprit affûté lui permet d'absorber rapidement de nouvelles informations et de les assimiler avec facilité.

Un beau jour, elle et Amina, sa grande sœur, trouvent un dirham chacune. Leurs façons d'utiliser leur trouvaille de la journée sont différentes.

Amina, gourmande de nature, décide de se rendre dans une échoppe, « *hanoute* », pour s'offrir un sachet de bonbons. Sa passion pour les sucreries l'emporte toujours dans ce genre de situation. Elle savoure l'instant présent et satisfait ses envies avec ces belles douceurs.

Quant à Aliya, elle se rend dans une librairie pour investir son dirham dans un cahier tout neuf. Mais ce n'est pas n'importe quel cahier : elle opte pour celui qui contient des tables de multiplication au dos.

Elle regarde sa nouvelle acquisition avec fierté, puis approche ce nouveau plaisir de son visage et hume les pages. Cette odeur de papeterie la transporte dans un monde imaginaire lointain où les lettres et les chiffres s'entremêlent.

Il commence à se faire tard. Les deux petites filles rentrent chez elles en suivant le chemin du retour.

12. Les retrouvailles

Les jours s'étirent tels des fils invisibles, tissant une trame d'impatience dans le quotidien des petites. Les saisons, complices silencieuses de leur attente, défilent, marquant le passage du temps.

Les matins sont empreints d'une douce mélancolie. Les rayons du soleil tentent en vain de dissiper le voile de solitude qui enveloppe la maison. Les petits déjeuners, autrefois joyeux et bruyants, sont devenus des rituels silencieux. Les rires enfantins semblent résonner dans les souvenirs, emprisonnés dans l'écho des murs. Les après-midis s'égrènent lentement, ponctuées par le tic-tac régulier de l'horloge murale.

Aliya, avide de câlins et de réconfort, scrute l'horizon avec des yeux empreints d'espoir, guettant le retour de figures parentales absentes. Le soir, la table dressée pour toute la famille paraît incomplète. Les chaises inoccupées rappellent le vide laissé par leur absence.

Les petites se blottissent dans leurs lits, écoutant le murmure du vent qui portait avec lui des promesses de retrouvailles. À travers ces jours d'attente, elles ont appris la patience, cette vertu qui se tisse dans les moments d'incertitude. Elles ont cultivé la force intérieure qui germe dans l'absence, transformant l'espoir en une leçon de résilience.

Chaque nuit, les étoiles, témoins silencieux de leurs rêves, semblent murmurer que le temps est un compagnon fidèle, prêt à réunir ceux qui s'aiment.

Et dans cette attente, les petites grandissent, façonnées par l'absence et forgées par l'optique d'un bonheur retrouvé.

***

Les parents d'Aliya et d'Amina, ainsi que leur nouvelle petite sœur, s'apprêtent à rentrer après une longue absence. Une atmosphère de fête règne dans la maison, les cœurs se remplissent de joie à l'idée de retrouver ces êtres chers. Les retrouvailles s'annoncent émouvantes, chargées d'amour et de joie. Leur foyer est prêt à être rempli de rires, de conversations animées et de moments de bonheur partagés.

Le retour des parents après une longue séparation est un chapitre poignant de leur histoire familiale. Les jours d'attente paraissent s'étirer comme une éternité pour les fillettes, égrenant les saisons sans la présence chaleureuse de leurs parents.

Lorsqu'enfin, le moment tant espéré se profile, l'excitation et l'appréhension se mêlent dans l'air. La nouvelle de leur retour s'est répandue dans le village, et les voisins s'apprêtent à célébrer cet événement. La maison a été préparée avec soin, chaque coin nettoyé et chaque détail pris en compte pour accueillir chaleureusement la famille. Les enfants du village ressentent l'excitation dans l'air et attendent avec impatience de voir à nouveau les visages souriants d'Aliya et d'Amina.

Les petites filles, habituées à une routine où l'absence parentale est devenue la norme, ressentent un cocktail complexe d'émotions à l'approche du retour tant attendu.

La maison, habituellement empreinte de silence, résonne désormais d'anticipation. Les jeux solitaires ont cédé la place à une joyeuse effervescence, préparant l'accueil d'Hussein et Zohra.

La veille du grand jour, les petites filles se perdent dans des rêveries éveillées, imaginant les récits et les câlins à venir. Les étoiles dans leurs yeux brillent d'une lueur spéciale : celle de l'amour bientôt retrouvé. Les souvenirs lointains des caresses maternelles et des rires paternels réveillent des espoirs enfouis.

Le jour du retour est un crescendo d'émotions. Les petites filles oscillent entre une excitation débordante et une douce anxiété. Chaque minute qui s'écoule semble durer une éternité.

Jusqu'à ce que la porte s'ouvre enfin.

Les visages de Zohra et Hussein, autrefois si familiers, portent les stigmates du temps et des cicatrices laissées par des années de séparation. Les souvenirs douloureux ressurgissent avec une force inattendue, comme si un simple regard sur eux avait ouvert les vannes d'un passé qu'elles auraient préféré laisser derrière elles.

Un mouvement de recul instinctif ébranle Aliya. Ses épaules se replient légèrement, comme si son corps cherchait à se protéger de l'impact émotionnel. Les yeux de la jeune fille reflètent un mélange complexe de tristesse, de colère et de résignation.

Chaque ligne du visage de ses parents semble évoquer une histoire non dite, un roman de douleurs et de regrets. La voix du passé résonne dans le silence de l'instant présent, et Aliya se retrouve submergée par les vagues tumultueuses des sentiments refoulés. Les paroles tues planent entre eux, épaisses comme un brouillard, rendant l'air lourd de tension.

Pourtant, au-delà de la douleur et de la distance, il y a quelque chose d'infiniment humain dans cette scène. Aliya, malgré son mouvement de recul, porte toujours en elle le poids des liens familiaux ; des liens qui, même fragiles, demeurent difficiles à briser. Dans cet instant suspendu, le destin semble leur tendre la main, invitant à la réconciliation ou à la confrontation, laissant la jeune fille face à un choix qui façonnera le prochain chapitre de son histoire.

Ses yeux se voilent d'une nuance sombre lorsque la mémoire cruelle refait surface. Elle se rappelle ce jour où sa mère a disparu, emportant avec elle non seulement son amour, mais aussi toute explication plausible. La colère, longtemps enfouie sous une fine couche de résignation, reprend vie en elle. Comment a-t-elle osé partir ainsi, sans un mot, sans l'emmener avec elle ? C'est la question qui martèle l'esprit d'Aliya.

Les émotions, mêlées de trahison et d'incompréhension, la submergent à nouveau, comme une marée montante. Les fissures du passé semblent s'élargir, laissant place à un abîme de questions sans réponses.

Aliya sent une boule amère se former au creux de son estomac. Elle s'est souvent demandé ce qui a pu pousser sa mère à prendre une décision aussi radicale. Les souvenirs de cette journée douloureuse ressurgissent avec une clarté brutale : la valise déjà préparée, les larmes qu'elle a essayé de dissimuler, et puis le vide laissé derrière elle.

La trahison est un poids lourd à porter, et chaque jour depuis ce départ a été une bataille pour Aliya, entre la quête de compréhension et le fardeau du sentiment d'abandon. Pourtant, au milieu de la colère, un écho de douleur persiste. Peut-être, pense-t-elle, que sa mère a elle-même été submergée par des tourments intérieurs, des batailles qu'elle n'a pas su partager.

La complexité des relations familiales se dévoile dans toute sa splendeur amère, laissant Aliya devant un état émotionnel où la colère et la peine se mêlent en un tourbillon tumultueux. Pourtant, au cœur de cette tempête émotionnelle, l'amour maternel refuse d'être relégué aux recoins de l'oubli. La fillette, malgré le chagrin, découvre la force de l'amour qui persiste même face aux cicatrices du passé.

Les bras de la mère tant attendue, comme un appel doux et irrésistible, semblent effacer en un instant les années d'absence et de chagrin qui pesaient sur les épaules d'Aliya. L'étreinte maternelle, douce et réconfortante, est comme une mélodie apaisante qui fait taire les discordances du passé.

Les larmes, longtemps retenues, viennent caresser les joues d'Aliya, libérant une cascade d'émotions trop contenues. Le contact de sa maman devient un sanctuaire, un refuge où les barrières du temps s'effacent. Les années de questions sans réponses paraissent soudain dissoutes dans cette étreinte, et Aliya se laisse emporter par cette chaleur familière.

Les mots, souvent insuffisants dans les moments de retrouvailles, trouvent leur écho dans le silence de ce câlin. Les bras tendus, symboles d'une réconciliation tant espérée, sont un pont entre le passé douloureux et le présent riche de promesses.

Aliya sent le poids des années s'alléger, comme si les bras maternels étaient une potion magique guérissant les plaies du cœur, une réalité tangible, un phare dans l'obscurité de l'absence. Dans ce moment suspendu, elle prend conscience de la puissance régénératrice de l'amour maternel. Ce contact est un point de départ, une invitation à redéfinir la relation entre Aliya et sa mère.

Dans cette étreinte, elles esquissent les contours d'un nouveau chapitre, où l'amour, la compréhension et la volonté de guérir sont les protagonistes d'une histoire qui se réécrira au gré des retrouvailles tant espérées.

Cet événement plonge la famille dans un bonheur intense. Les cris de joie et les éclats de rire emplissent l'espace, effaçant les années de solitude et offrant un éclairage dans l'obscurité de l'abandon. C'est un mélange d'étreintes serrées, de larmes de bonheur et de mots doux murmurés comme une berceuse apaisante. Les parents, émus par la croissance de leurs petites, absorbent chaque détail avec une tendresse renouvelée.

La maison retrouve son équilibre, vibrant de la présence réconfortante d'Hussein et Zohra.

Leurs filles, désormais entourées de l'affection dont elles ont si longtemps été privées, savourent chaque instant, construisant de nouveaux souvenirs et renforçant les liens familiaux.

13. Le déracinement

Hussein a obtenu un mois de vacances qu'il va passer auprès de sa famille au Maroc. Ses journées sont animées par les rires, les repas savoureux et les moments précieux partagés avec ses proches dans le cadre chaleureux de son pays natal.

À l'issue de ce délai, le moment tant redouté du départ est arrivé. Les au revoir sont chargés d'émotions, mais le couple, accompagné de ses trois filles, se prépare à rentrer chez lui. Leurs valises sont remplies de souvenirs, de cadeaux et de l'amour partagé avec la famille élargie.

Un tourbillon d'émotions danse dans les cœurs d'Aliya et d'Amina. Les deux petites filles se trouvent à la croisée des sentiments, partagées entre la joie anticipée de vivre aux côtés de leurs parents et l'amertume d'abandonner leurs grands-parents, ces figures aimées et chéries depuis leur tendre enfance.

Dans le regard des fillettes, on peut lire beaucoup d'excitation à l'idée de partir pour cette nouvelle vie. Chaque pensée tournée vers l'avenir est accompagnée d'un sourire radieux, symbole d'une perspective lumineuse.

Cependant, au sein de cette effervescence, un voile de tristesse enveloppe les grands-parents. Leurs regards, empreints de tendresse, trahissent une peine silencieuse. Les rides sur leurs visages témoignent de l'expérience de la vie partagée avec ces petites âmes. La séparation imminente est comme une mélodie d'adieu, douce mais poignante.

Pour les petites filles, le départ signifie quitter les bras réconfortants, les histoires apaisantes et les sages conseils de ceux qui ont été leurs piliers. Leurs cœurs, partagés entre deux mondes, oscillent entre la promesse d'un avenir joyeux et la nostalgie de l'instant présent.

Du côté des grands-parents, chaque câlin est chargé d'un amour infini et d'une anxiété retenue. Ils ressentent la douleur précoce de la séparation, laissant échapper des regards qui veulent graver chaque détail des visages des petites dans leur mémoire, comme si cela pouvait atténuer la distance qui va s'installer.

Amina et Aliya, portant le poids d'une tristesse profonde, ont le chagrin pour compagnon constant. Quitter cet amour inconditionnel laisse un goût amer dans leurs jeunes cœurs déjà marqués par la douleur. Mais comment pourraient-elles faire autrement ? Ne pas suivre leurs parents, ne pas s'accrocher à leur sécurité familière, serait une blessure supplémentaire encore plus profonde.

Amina et Aliya s'accrochent à chaque instant avec leurs grands-parents comme si c'était le dernier. Leurs cœurs, fragiles mais résolus, oscillent entre la loyauté envers ceux qui les ont élevées et l'obligation filiale envers leurs parents. Ce choix déchirant pèse dans l'atmosphère. Chaque membre de la famille ressent le fardeau de la décision, une tension palpable qui flotte dans l'air comme une ombre muette. Les regards échangés sont empreints d'une profonde réflexion, et le silence qui règne est plus lourd que n'importe quel mot.

Chacun comprend l'ampleur de la décision prise, et la gravité de ses implications se fait sentir dans chaque pièce de la maison. Les murs semblent résonner des murmures des hésitations intérieures, et le cœur de la famille bat au rythme de l'incertitude. Ce choix déchirant représente une divergence dans le chemin de vie, une bifurcation qui peut redéfinir l'avenir de tous.

Les émotions des petites filles sont complexes, mêlant la tristesse, la peur de l'inconnu, la nécessité de laisser derrière soi ce qui est devenu un fardeau insupportable et l'enthousiasme de se retrouver avec leurs parents.

Les regards de chacun fuient parfois, évitant de croiser ceux des autres membres de la famille, comme si cela pouvait rendre la décision moins réelle.

Pourtant, même dans le silence, il y a une compréhension mutuelle, un lien tacite qui unit la famille dans cette étape difficile. Chaque soupir, chaque geste réfléchi, semble porter le poids du dilemme. C'est un moment où le temps semble suspendu à la lisière d'un futur incertain.

Et au milieu de cette atmosphère chargée, la famille doit affronter la réalité de ce choix déchirant, prête à accepter les conséquences, qu'elles soient positives ou douloureuses.

Amina et Aliya se retrouvent, malgré elles, à l'intersection de l'attachement et de l'obligation. Leur parcours, bien qu'à peine entamé, est déjà façonné par des dilemmes. Ces petites âmes doivent faire face à la réalité que la vie, parfois, exige des sacrifices, même dès l'enfance.

Aliya a passé le temps des vacances à sentir les bras chaleureux de ses grands-parents autour d'elle, vivant ces moments comme si elle préparait son cœur à une première séparation.

Les jours passés avec ses grands-parents ont été des moments d'initiation aux liens qui seraient, pour la première fois, momentanément rompus. Les histoires partagées, les repas préparés ensemble, chaque instant était empreint de la magie de la première expérience. Aliya était consciente que ces moments étaient d'autant plus précieux que la nouveauté apporterait un pincement au cœur, un mélange d'excitation et d'appréhension. Chaque câlin de ses grands-parents était comme une mélodie, créant une connexion spéciale qui serait mise à l'épreuve par la première séparation physique. Elle s'est laissé envelopper par ces moments, capturant chaque sourire, chaque conseil sage et chaque éclat de rire partagé avec une intensité particulière.

Dans ces instants de proximité, elle a trouvé la force nécessaire pour affronter la première période d'absence qui s'annonçait. Les câlins de ses grands-parents sont les fondations d'une nouvelle réalité, marquant le début d'une série de séparations et de retrouvailles à venir. Les jours précédant leur départ ont été imprégnés d'une douce nostalgie, chaque moment passé dans la chaleur familiale semblant prendre une dimension particulière.

L'heure du départ approche, et chaque adieu, chaque « à bientôt », prend une signification particulière. Aliya se prépare à affronter cette nouvelle étape avec la conviction que même la distance physique ne pourra altérer le lien spécial qu'elle partage avec ses grands-parents. Ainsi, au fil des adieux empreints d'émotion, elle se lance dans l'inconnu.

Et, bien que la séparation puisse être un nouveau chapitre à écrire, elle se rassure en pensant aux retrouvailles futures qui, à n'en pas douter, seront empreintes d'une tendresse renouvelée.

La voiture, chargée de bagages, symbolise un pont entre deux mondes, deux amours, et l'atmosphère est imprégnée d'une émotion déchirante. Les grands-parents, les parents et les enfants s'étreignent, mais cette étreinte est plus qu'un simple au revoir ; c'est une séparation forcée entre deux réalités.

Les grands-parents enlacent longuement leurs petites-filles, leurs bras tendres ne veulent pas laisser partir leurs enfants et petits-enfants. Les sourires sont teintés de tristesse, et dans leurs yeux, on peut lire la rage silencieuse face à la distance qui va les éloigner.

Les parents, déchirés entre le devoir et le chagrin, partagent des regards empreints de détermination, cherchant à masquer l'angoisse de ce changement inévitable.

Aliya, les yeux embués de larmes, ressent au plus profond de son être la douleur de devoir quitter un monde pour l'autre. Elle se jette dans les bras de ses grands-parents, cherchant à exprimer dans cette étreinte toutes les émotions qui la submergent. La rage sourde de devoir dire au revoir à ceux qu'elle aime, la tristesse poignante de quitter un lieu empli de souvenirs chéris.

Soudain, un hurlement bouleversant retentit. Ce n'est pas seulement Aliya qui pleure, mais aussi ses grands-parents, poussant des cris déchirants. Mélanges de tristesse, de rage et d'impuissance, ils résonnent dans l'air, soulignant l'ampleur de la souffrance que cette transition implique. Les adieux ne sont plus une simple chorégraphie d'amour, mais une lutte intérieure, une bataille émotionnelle contre le changement forcé.

La voiture démarre, mais à chaque kilomètre parcouru, la distance entre les deux mondes, entre deux amours, s'étire davantage. Les regards des membres de la famille alternent entre le pays qu'ils quittent et celui vers lequel ils se dirigent ; un écartèlement entre deux mondes qui laisse des cicatrices émotionnelles.

Chacun porte en lui la promesse de retrouvailles, mais la douleur de l'éloignement est trop présente, trop réelle.

Et dans ce mouvement d'adieu, les hurlements de chagrin des parents se mêlent à la rage, à la tristesse et à l'amour dans une symphonie discordante de sentiments.

14. Le nouveau monde

La voiture file vers sa nouvelle destinée comme si elle voulait épargner les petites filles. À travers le pare-brise, le paysage défile rapidement, chaque kilomètre rapprochant la famille de l'inconnu qui les attend. Le moteur ronronne comme s'il murmurait des encouragements à chaque membre.

Les petites, assises à l'arrière, regardent par la fenêtre avec des yeux empreints d'excitation et d'une pointe de nervosité. Leurs visages reflètent le mélange d'émotions qui accompagne tout nouveau départ : l'anticipation, l'appréhension, mais surtout une curiosité enfantine teintée d'espoir.

À l'intérieur de l'habitacle, une atmosphère de transition règne. Les adultes partagent des regards complices, un mélange de satisfaction, de détermination et de résilience dans leurs yeux. Chacun porte sa part d'histoire et de rêves, la voiture devenant le véhicule tangible de leur avenir commun.

Le paysage extérieur change, les contours familiers de l'ancienne vie s'estompent pour faire place à de nouvelles perspectives. Alors que la voiture file sur la route, l'inconnu se déploie devant eux, une page blanche prête à être écrite.

Les filles, malgré l'incertitude de ce qui les attend, peuvent sentir l'amour et le soutien de leur famille, devenus aussi tangibles que la chaleur du soleil qui baigne l'habitacle.

Ainsi, la voiture avance, portant avec elle les rêves, les espoirs et les promesses d'un nouveau départ, et les petites, même si elles ne comprennent pas encore pleinement la portée de ce voyage, sentent que quelque chose d'extraordinaire se trouve au bout de la route.

La famille embarque dans le bateau qui va les mener de l'autre côté de la Méditerranée. Le ponton tangue légèrement sous leurs pieds, et le bruit des vagues qui caressent la coque résonne comme un doux murmure empreint d'incertitude.

Les regards des enfants oscillent entre l'excitation de l'aventure à venir et la mélancolie liée au départ. Le bateau, tel un vaisseau d'opportunités, les éloigne peu à peu de la terre qu'elles ont toujours connue. Les adieux, cette fois, ne sont plus symboliques ; ils prennent la forme d'une mer dévorant les distances, séparant les êtres chers par l'étendue mouvante des flots.

Les petites filles, debout sur le pont, sentent le vent salé caresser leur visage. Les vagues, témoins silencieux de leur voyage, semblent porter les échos des émotions familiales à travers les horizons sans fin.

Les questions d'Aliya résonnent dans l'air, et les réponses se perdent dans le vaste bleu de la mer, métaphore des incertitudes qui les submergent.

Le voyage à travers la Méditerranée n'est pas seulement physique, c'est aussi une traversée émotionnelle vers l'inconnu. Les petites filles se demandent ce que l'autre côté de la mer leur réserve, mais aussi ce qu'elles laissent derrière elles.

Les deux rives, désormais séparées par des eaux profondes, symbolisent un changement radical, un passage vers un avenir qui s'annonce aussi vaste et mystérieux que cette immensité bleue qui s'étend devant elles.

Le bateau avance, laissant derrière lui les côtes familières. Aliya et Amina tout en sentant le tangage du navire sous leurs pieds, s'accrochent à l'espoir que cette traversée, malgré sa complexité, les conduira vers un monde nouveau, plein de promesses et de découvertes.

Leurs regards, entre mer et ciel, portent la lueur d'une aventure à venir, tout en gardant en elles le souvenir des adieux et de la terre qu'elles ont laissée derrière elles.

Après une traversée relativement paisible jusqu'en Espagne, la famille d'Aliya décide de faire une pause bienvenue pour se restaurer. Le soleil de midi brille intensément dans le ciel, réchauffant la terre et créant une atmosphère étouffante. Les parents cherchent un endroit à l'abri pour se reposer un peu. Ils trouvent refuge sous de grands arbres aux feuilles épaisses. Un endroit parfait pour échapper à la chaleur écrasante.

Ils sortent des provisions de leur sac à dos, déballant un délicieux festin : des fruits frais, du pain, des *msemens* savoureux et du café préalablement préparé et mis dans un thermos.

Aliya s'installe confortablement sur une couverture étalée à l'ombre. Elle est enchantée par l'atmosphère de cet endroit paisible, les chants lointains d'oiseaux inconnus ajoutant une symphonie naturelle à leur halte.

Le papa se repose pendant que la maman prépare le petit déjeuner. Le vent chaud caresse doucement leurs visages, apportant avec lui l'arôme sucré des fruits et le parfum délicat des fleurs environnantes. Cependant, mêlées à ces odeurs agréables, des senteurs dégoûtantes provenant des égouts voisins viennent chatouiller les narines.

Les rayons du soleil, filtrés par les feuillages, forment des taches lumineuses sur la terre, créant un tableau de lumière et d'ombres dansant au sol.

Pendant leur repas, les voix enjouées des autres voyageurs se mêlent à l'atmosphère de cet endroit. Les langues étrangères, les rires joyeux et les histoires animées s'entremêlent, créant une harmonie de sons et de conversations.

Après avoir partagé ce pique-nique convivial, ils prennent un moment pour se reposer, étendant leurs jambes fatiguées, s'allongeant sur le tapis de voyage. Aliya observa le ciel bleu azur, admirant la sérénité du moment, se promettant de garder ce souvenir précieux dans un coin spécial de son cœur.

Le temps s'écoule et leur halte matinale prend fin. Requinquée par cet interlude de repos et de découvertes, la famille d'Aliya se lève pour reprendre son périple. Ils emportent avec eux les souvenirs vivaces de cette pause enchantée dans ce coin animé de l'Espagne, prêts à continuer leur aventure sous le soleil méditerranéen, en quête de nouvelles expériences et de surprises exaltantes.

La traversée de l'Espagne se fait sous un soleil écrasant, intense qui pèse sur le chemin de la famille. Malheureusement, cette chaleur affecte profondément Aliya. Par moments, elle se sent étourdie, nauséeuse, et elle a du mal à supporter le voyage.

Malgré ces difficultés, la fillette garde le sourire et fait de son mieux pour continuer. Elle trouve du réconfort dans le paysage changeant de l'Espagne, les champs dorés s'étendant à perte de vue, les villages pittoresques et les montagnes majestueuses qui se dessinent à l'horizon.

Malgré les moments difficiles, la famille d'Aliya continue son périple avec détermination, prenant soin les uns des autres. Le voyage se déroule tranquillement, alternant le jour et la nuit. Chaque lever de soleil dévoile de nouveaux paysages, peignant le ciel d'une palette de couleurs chatoyantes.

Les journées s'étirent paisiblement, bercées par le rythme régulier des roues sur la route. Les nuits, elles, apportent leur lot de mystères, enveloppant le paysage d'un voile obscur parsemé d'étoiles scintillantes qui semblent veiller sur le périple, offrant une lumière douce qui éclaire le chemin des voyageurs.

Au fil des heures qui s'écoulent, le voyage devient une danse harmonieuse entre la lumière et l'obscurité. Les moments de repos sont ponctués par le murmure apaisant du vent et le doux chuchotement des feuilles dans les arbres. Les échanges entre les compagnons de route se mêlent aux chants des oiseaux, créant une symphonie éphémère mais enchanteresse. Chaque étape du périple permet de nouvelles découvertes, rencontres et aventures. Les souvenirs se tissent comme des fils invisibles, unissant les voyageurs dans une expérience commune, façonnant leurs mémoires au fil des kilomètres parcourus.

Ainsi, le voyage continue, rythmé par la cadence immuable du temps, offrant aux voyageurs la chance de savourer chaque instant, qu'il soit baigné de lumière ou plongé dans l'obscurité enveloppante de la nuit

Hussein profite de la route pour partager avec ses filles les rudiments de la langue française. Alors que la voiture file sur l'asphalte, il entame joyeusement sa leçon :

— Regardez par la fenêtre, mes chéries. Voici un, deux, trois arbres sur le bord de la route, annonce-t-il avec enthousiasme en pointant du doigt les chênes qui défilent. Un, deux, trois... Vous voyez ? Ces chiffres magiques nous aident à décrire combien il y en a. En français, on dit « un » pour « *wahit* », « deux » pour « *nayan* » et « trois » pour « *tlata* ».

Les filles observent attentivement, leurs yeux pétillants de curiosité.

— Maintenant, à votre tour ! Pouvez-vous répéter avec moi ? les encourage Hussein.

Les deux filles répètent avec enthousiasme, imitant la prononciation de leur père :

— Un, dou, trwa ! tente Aliya avec engouement et un accent improbable.

Hussein applaudit joyeusement.

— Bravo les filles, vous êtes de vraies championnes ! Et devinez quoi ? Avec ces chiffres, on peut compter tout ce qui nous entoure : les fleurs, les voitures, les nuages dans le ciel... C'est comme s'ils nous donnaient les clés pour décrire le monde !

Hussein continue à guider ses filles dans cet apprentissage ludique de la langue française, les aidant à associer les nombres aux objets. Chaque kilomètre parcouru devient une opportunité d'explorer cette nouvelle langue et renforcer leur lien familial à travers cette aventure d'apprentissage. Chaque kilomètre ajoute une nouvelle page à leur récit commun. Les péripéties sur la route, les éclats de rire partagés, les moments de silence contemplatif, tout contribue à sculpter une odyssée d'apprentissage et de croissance.

Les chiffres et les mots, fidèles compagnons, deviennent les artisans de cette histoire prometteuse qui se déroule sous les roues de leur véhicule. Ainsi, entre rires et apprentissages, le chemin se transforme en un véritable livre ouvert, où chaque page est une aventure et chaque mot un trésor. Et tandis que l'horizon s'étend devant elle, la famille poursuit son voyage, prête à accueillir les mystères et les promesses que le futur réserve à cette odyssée d'apprentissage.

15. Un nouveau domicile

La famille arrive enfin à destination. Hussein éteint le moteur de la voiture, et un calme paisible s'installe autour d'eux. Devant eux se dresse un immeuble modeste, ses murs cimentés racontant silencieusement les histoires de nombreuses vies qui s'y sont déroulées.

Les filles sortent du véhicule et regardent avec étonnement cette structure qui semble s'élever, modeste mais fière, vers le ciel. L'architecture de l'immeuble contraste nettement avec la maison familiale qu'elles avaient l'habitude d'occuper.

— Regardez ça, les filles, dit Hussein, captant leur attention. C'est notre nouveau chez-nous.

Les fenêtres alignées régulièrement montent comme des échelons vers le sommet de l'immeuble, offrant une perspective inhabituelle pour les petites qui sont habituées à la terre ferme. Les cinq étages de l'immeuble offrent un panorama différent de celui de leur ancienne maison avec une cour intérieure.

— Ça ressemble à un puzzle géant, murmure la plus jeune, émerveillée.

Hussein sourit.

— Oui, c'est un peu comme un puzzle. Chaque fenêtre, chaque porte, c'est une histoire différente. Et ensemble, elles créent notre nouvelle vie ici.

Ils montent les escaliers menant à leur nouvel appartement, situé à l'un des étages supérieurs de la bâtisse. Ils s'arrêtent au quatrième étage. Lorsque Hussein ouvre la porte, les petites filles s'empressent d'entrer. Là, ils trouvent un espace simple mais chaleureux, inondé de lumière venant des fenêtres qui offrent une vue sur le quartier.

— Ce n'est peut-être pas aussi grand que notre maison au Maroc, mais c'est notre chez-nous désormais, déclare Hussein en souriant.

Il ajoute :

— Et je suis sûr que nous allons y être heureux.

Aliya, à mesure qu'elle découvre les lieux, ressent un mélange d'émotions. Les deux sœurs s'aventurent dans leur nouveau domicile avec curiosité. La cadette prend quelques instants pour absorber la nouvelle atmosphère de cet endroit inconnu qui contraste fortement avec la liberté qu'elle avait dans sa maison précédente. Elle ressent une étrange combinaison d'excitation et de nostalgie en explorant les différentes pièces.

L'appartement peut sembler plus confiné que la spacieuse maison qu'elle a quittée, mais il en émane également une certaine atmosphère de confort. La nouvelle configuration de son domicile suscite en elle des réflexions sur les changements dans son mode de vie. Elle se rend compte que la vie en appartement offre une intimité différente de celle d'une maison avec une cour à l'air libre. Les espaces sont définis de manière plus précise, et le rythme de vie semble plus concentré.

Pourtant, en dépit de la nostalgie vis-à-vis de son ancienne maison, Aliya commence à apprécier la commodité de ce nouveau logement. Les avantages tels que la proximité des écoles, des voisins, et peut-être même une certaine facilité d'entretien commencent à se faire ressentir. Bien que le changement puisse être déconcertant au début, Aliya entrevoit les côtés positifs de sa nouvelle vie.

Les filles commencent à s'approprier l'espace, déballant leurs affaires avec un enthousiasme croissant. Le bruit des voisins à travers les murs résonne comme une mélodie de la vie quotidienne, et les filles découvrent une étrange connexion avec cette nouvelle verticalité qui les entoure.

Le soir venu, ils s'installent tous ensemble près des fenêtres, regardant les lumières de la ville s'allumer peu à peu. C'est un spectacle différent de celui auquel les petites sont habituées. Ainsi débute le prochain chapitre de leur vie, une vie où les racines se trouvent moins dans la terre que dans le partage et l'amour, une vie qui s'élève modestement, mais avec une promesse d'aventure et de croissance.

Un canapé convertible trône au milieu du salon, une pièce maîtresse multifonctionnelle dans ce nouvel espace. Lorsque la nuit commence à envelopper l'immeuble de son manteau sombre, Hussein entreprend de transformer le clic-clac en un doux cocon où les filles peuvent se reposer. Avec un habile mouvement, il déplie le canapé, révélant un lit confortable prêt à accueillir le sommeil de la famille. Les filles, encore émerveillées par cette transformation, s'installent sous les couvertures avec des étincelles de curiosité dans les yeux.

— Regardez, mes chéries, même notre canapé est prêt à devenir un endroit douillet pour la nuit, dit Hussein avec un sourire tendre.

Les filles hochent la tête avec un mélange de fatigue et d'excitation. La ville au-dehors offre un spectacle nocturne, les lumières chatoyant comme des étoiles urbaines à travers les fenêtres.

— Allons-y, reposons-nous, ajoute doucement Hussein en éteignant la lumière.

Dans le silence de leur nouvel appartement, la nuit enveloppa la famille comme une couverture réconfortante. Le canapé, transformé en lit, est le symbole de leur capacité à s'adapter et à trouver du confort même dans le changement.

À travers les fenêtres, la ville semble vibrer d'une énergie différente, une énergie qui fusionne avec les rêves naissants de cette famille qui a choisi de s'élever, non pas en hauteur seulement, mais aussi dans l'amour et la compréhension mutuelle.

Épuisées, les filles s'abandonnent au sommeil paisible, sans heurts ni perturbations, dès qu'elles touchent leur oreiller. La fatigue accumulée de ces derniers jours se dissipe lentement, laissant place à une quiétude bien méritée.

Dans le silence de la nuit, les soupirs apaisés et les respirations régulières révèlent la tranquillité qui règne dans la chambre. Les rêves les enveloppent doucement, les emportant loin des préoccupations quotidiennes. Les événements de la journée s'estompent progressivement, laissant la place à un repos réparateur.

Les bruits lointains de la ville s'atténuent, laissant la nuit imprégner l'espace de sa quiétude bienfaisante.

La nuit déploie ses ailes protectrices, offrant un répit bienvenu après les tumultes de la journée. Les étoiles veillent silencieusement, gardiennes de cette nuit de repos profond et réparateur.

Zohra, émue aux larmes devant cette scène d'union avec ses filles et son époux, ressent une avalanche d'émotions longtemps contenues. Son corps tout entier est pris de tremblements et de secousses, libérant la tension accumulée au fil des deux longues années de séparation. Submergée par l'émotion, elle contemple cette scène d'une intensité bouleversante. La présence de ses filles et de son mari réunis lui procure un sentiment de plénitude qu'elle n'avait pas ressenti depuis longtemps. Les années de souffrance et de solitude semblent s'évanouir dans cet instant de communion familiale. Les souffrances endurées en l'absence de sa famille s'effacent petit à petit devant cette image réconfortante. Les larmes coulent librement sur son visage, comme si chaque goutte la libérait un peu plus des tourments passés.

Les retrouvailles avec ses filles, autrefois si loin, semblent guérir les blessures invisibles de son âme. Pendant deux longues années, Zohra a vécu dans un état de semi-asphyxie émotionnelle, privée de la présence de ses proches, se battant contre un sentiment de vide et de solitude qui l'étouffait. Mais aujourd'hui, la réunion de sa famille lui insuffle une bouffée d'oxygène, ravivant son esprit et son corps engourdis par la douleur.

L'émotion est si intense qu'elle a l'impression de revivre.

Zohra, submergée par cette libération émotionnelle, se surprend à ressentir un cri de soulagement monter en elle. Par instinct, elle porte ses mains à sa bouche pour l'étouffer, consciente de ne pas vouloir réveiller tout le monde.

Un besoin irrépressible de se retirer se fait sentir, et elle se dirige vers la cuisine pour trouver un espace d'intimité. Là, dans la quiétude relative de la cuisine, Zohra laisse échapper un soupir profond. Son diaphragme, tendu depuis trop longtemps, commence enfin à se relâcher. La pression dans sa poitrine est une métaphore de toutes ces années de souffrance. Mais à présent, elle sent enfin le fardeau s'alléger : une partie de son calvaire prend fin.

Elle murmure à voix basse, comme une prière, exprimant sa gratitude pour la réunion de sa famille, pour la fin de ces deux ans de solitude et de souffrance :

— Mon Dieu, enfin tu me libères de ce mal-être en réunissant mes filles.

Ces retrouvailles familiales sont bien plus qu'un simple événement, c'est l'achèvement d'une épreuve, le début d'une nouvelle ère où l'amour et la présence de ses proches pourront dissiper les ténèbres qui ont assombri sa vie pendant si longtemps.

16. L'école française

Hussein prend la décision d'inscrire ses filles dans une école primaire proche de leur nouvelle maison. Il veut qu'elles s'intègrent rapidement dans leur nouvel environnement et qu'elles commencent à apprendre le français. L'école qu'il a choisie accueille spécifiquement les enfants étrangers qui ne parlent pas encore la langue du pays. C'est un endroit où les élèves peuvent recevoir un soutien linguistique adapté à leurs besoins, tout en suivant un programme éducatif classique.

Il sait que le fait de pouvoir communiquer en français sera essentiel pour leur réussite scolaire et leur intégration sociale. Il voit la langue non seulement comme un moyen de communication, mais aussi comme une clé pour accéder à une compréhension plus profonde de la culture locale et pour établir des liens significatifs avec les autres.

Ainsi, avec l'inscription de ses filles dans cette école primaire, Hussein pose les bases d'un nouveau départ pour sa famille dans ce pays, offrant à ses enfants les outils nécessaires pour s'épanouir dans leur nouvel environnement. La langue, porte d'entrée vers la compréhension et l'assimilation, devient un pont entre le passé et l'avenir pour la famille d'Hussein.

Lui-même, il s'efforce d'améliorer son français, prenant des cours et pratiquant avec détermination. Chaque mot appris, chaque phrase prononcée représentent un pas de plus vers l'intégration et l'épanouissement de sa famille. Il est déterminé à créer un environnement où ses filles se sentiront non seulement acceptées, mais aussi capables de s'épanouir pleinement.

Ainsi, entre les cahiers d'école et les leçons de français, la famille s'engage dans un voyage d'apprentissage, d'adaptation et de découverte. Tous sont prêts à embrasser les opportunités et les défis de cette nouvelle vie, conscients que la maîtrise de la langue leur ouvrira des portes dans leur pays d'accueil.

Le premier jour à l'école est empreint de timidité pour Aliya et sa sœur. Elles se sentent un peu déconcertées dans cet environnement inconnu, entourées d'élèves parlant une langue différente. Cependant, très vite, elles commencent à prendre leurs marques.

Dans cette classe, la majorité des élèves sont d'origine turque. Aliya, qui a toujours eu un intérêt pour les langues, saisit cette opportunité pour apprendre quelques mots en turc. Elle observe attentivement ses camarades, écoute leurs conversations et tente de reproduire les sons étrangers.

Au début, elle se montre un peu hésitante, mais elle est déterminée à surmonter cette barrière linguistique.

Elle se lie rapidement d'amitié avec certains de ses camarades turcs, échangeant des sourires timides et des gestes bienveillants. Ils sont curieux de connaître les sœurs, et prêts à les aider dans leur apprentissage du français.

Les jours passent, et Aliya devient de plus en plus à l'aise dans cette nouvelle classe. Elle pratique activement ses compétences linguistiques, en utilisant chaque occasion pour élargir son vocabulaire et améliorer sa prononciation. Ses efforts sont remarqués par ses camarades et ses enseignants, qui l'encouragent dans son apprentissage. Grâce à sa détermination et à son ouverture d'esprit, Aliya se fond rapidement dans le groupe, devenant un membre intégrant de la classe cosmopolite. Elle découvre la richesse de la diversité et la beauté de l'échange culturel, s'émerveillant des similitudes et des différences entre les langues et les traditions, démontrant ainsi la puissance de la communication et de l'amitié au-delà des frontières linguistiques et culturelles.

Cette année-là passe à une vitesse étonnante, et voilà qu'Aliya se retrouve propulsée en CE2, une classe qu'elle aurait dû occuper à son arrivée en France.

Le temps semble avoir joué un tour magique, effaçant les jours et les mois avec une rapidité étonnante. Les progrès qu'elle a accomplis en français sont remarquables, et elle se sent de plus en plus à l'aise dans son nouvel environnement scolaire, confiante dans ses capacités et prête à relever de nouveaux défis. Elle a acquis une solide maîtrise de la langue, tant à l'oral qu'à l'écrit, grâce à ses efforts constants et à sa volonté d'apprendre. Elle est désormais capable de communiquer aisément avec ses camarades et ses enseignants, participant activement aux discussions en classe et aux activités scolaires.

Au fil des mois, Aliya se découvre un amour pour la lecture, plongeant dans des aventures captivantes qui l'emportent loin de sa salle de classe. La diversité culturelle de sa classe continue d'enrichir son expérience éducative. Chaque jour est une leçon d'apprentissage, une célébration des différences et une découverte des similitudes.

Aliya, à travers ses amitiés et ses apprentissages, comprend que la véritable magie de l'éducation réside dans la compréhension, le respect. Elle est prête à poursuivre son voyage d'apprentissage avec enthousiasme et détermination, impatiente de voir ce que l'avenir lui réserve.

Dans la classe de CE2 d'Aliya, son maître, monsieur Banse, semble traverser la vie de façon mécanique, sans saveur, du haut de sa cinquantaine bien tassée. Ses cheveux grisonnants encadrent un visage qui, bien que bienveillant, semble souvent plongé dans la monotonie.

Toujours vêtu de son bonnet rouge assorti à son imperméable beige, il enseigne machinalement. Les cours de monsieur Banse sont généralement dépourvus de passion et d'enthousiasme.

Ses leçons semblent suivre un script rigide, dépourvu de la créativité et de l'énergie qui peuvent rendre l'apprentissage véritablement captivant.

Les élèves ressentent cette absence de vitalité. Les histoires inspirantes, les métaphores vivantes et les moments ludiques se font rares dans sa classe. Les regards des enfants sont souvent attirés par la fenêtre, rêveurs, plutôt que concentrés par ce qui se passe à l'intérieur de la salle.

Cependant, derrière cette façade apparemment mécanique, il y a peut-être des aspects de la vie de monsieur Banse que les élèves ne connaissent pas. Peut-être qu'il porte le poids de ses préoccupations personnelles, peut-être qu'il traverse une période difficile. Les raisons de son enseignement mécanique peuvent être plus complexes qu'il n'y paraît.

La classe de CE2 de monsieur Banse est un mélange paradoxal de familiarité et de distance. Les élèves, bien que présents physiquement, semblent parfois absents mentalement, cherchant quelque chose qui éveillerait leur intérêt et leur passion. Ainsi, même dans ce cadre moins dynamique, Aliya et ses camarades essaient de trouver des moyens de s'épanouir en créant des petits moments d'émerveillement par eux-mêmes, en dépit du manque de dynamisme apparent de leur enseignant.

Aliya est en train de contempler les arbres autour d'elle, laissant son esprit voguer dans son imaginaire, quand elle se rend compte que la file d'élèves s'est éloignée. Prise de panique, elle hâte le pas pour les rattraper. En observant attentivement, elle remarqua que certains de ses camarades ont emprunté un autre sentier. Décidée à les rejoindre, elle suit leur trajectoire.

Après quelques instants de marche, elle entend soudain le cri strident de son maître. Affolée, Aliya accélère le pas pour rejoindre les autres élèves.

Quand elle les retrouve, elle constate que monsieur Banse est dans une rage folle. Il semble bouillir de colère. Sans un mot, il se rue sur Aliya et commence à la réprimander violemment pour avoir désobéi et changé de trajectoire. Il se permet même de lui asséner quelques coups.

Les autres élèves, terrifiés par cette scène, se dépêchent de rejoindre le groupe pour échapper à la colère de monsieur Banse. La tension est palpable dans l'air alors que chacun reprend son souffle après cet épisode troublant.

Aliya se sent encore bouleversée par l'incident lorsqu'elle rentre chez elle ce soir-là. Elle garde le silence sur ce qui s'est passé, redoutant la réaction de ses parents. Elle a peur d'être grondée pour ne pas avoir obéi à son enseignant, même si elle a suivi les autres élèves par inadvertance.

Plus tard dans la soirée, une fois qu'elle est seule dans sa chambre, elle s'effondre sur son lit, laissant échapper un soupir de frustration. Elle se sent dépassée par cette situation et ne sait pas comment y faire face. Elle craint de retourner à l'école, redoutant une nouvelle confrontation avec monsieur Banse.

Le lendemain matin, Aliya se prépare pour aller en classe, déterminée à mettre derrière elle l'événement traumatisant de la veille. Malgré son désir d'oublier, une anxiété persistante pèse dans son cœur alors qu'elle se dirige vers l'école.

En entrant dans la salle de classe, Aliya est accueillie par ses camarades avec des sourires chaleureux et des gestes amicaux. Elle leur rend un sourire timide, essayant de cacher les tourments intérieurs qui la perturbent encore.

Elle sent une boule se former dans sa gorge alors qu'elle aperçoit son enseignant. La tension est pesante lorsqu'elle s'installe à sa place, se demandant comment elle pourra affronter la journée à venir.

Dans l'atmosphère étouffante de la salle de classe, Aliya ressent le poids écrasant de la déception. Les mots acerbes de son professeur résonnent encore dans sa tête, comme des échos d'un passé douloureux qu'elle avait tant espéré laisser derrière elle.

Dans son pays d'origine, elle a connu des moments similaires, où les mots tranchants et les regards méprisants ont été son lot quotidien. Elle a cru pouvoir échapper à ce cauchemar en franchissant les frontières, mais à présent, elle comprend que le passé ne se laisse pas si facilement enterrer.

Les mains tremblantes et le regard fuyant, elle se sent comme une étrangère dans cette nouvelle terre qui était censée être son refuge. Pourtant, malgré ses efforts pour s'intégrer, elle se retrouve une fois de plus confrontée à la froide réalité de l'exclusion.

Les visages des camarades autour d'elle se confondent en une masse indistincte, leurs voix se transformant en murmures lointains. Tout ce qu'elle peut ressentir, c'était cette douleur lancinante dans sa poitrine, le poids accablant de ses souvenirs qui menacent de l'écraser.

Aliya a l'impression d'être piégée entre deux mondes qui semblent la rejeter tout autant l'un que l'autre. Elle a tenté de se fondre dans la masse, de dissimuler son passé derrière un masque de normalité, mais la vérité refuse de rester enfouie.

Dans un élan de désespoir, elle sent les larmes monter à ses yeux, brûlantes et salées comme les souvenirs qu'elle a tant essayé d'oublier. Elle veut crier, hurler sa frustration et sa douleur, mais les mots se perdent dans sa gorge serrée.

Et alors qu'elle sombre dans l'abîme de son désespoir, une main chaleureuse paraît se poser sur son épaule et une voix lui susurre : « Ça va aller. » Cette voix semblait céleste, douce et compatissante, comme si les anges eux-mêmes étaient descendus du ciel pour apaiser l'âme tourmentée d'Aliya. Ces mots, porteurs d'une tendresse infinie, caressent ses sens, dissipant les nuages qui obscurcissent son esprit.

La présence invisible qui l'enveloppe semble venir d'un royaume au-delà des étoiles, offrant un réconfort divin dans ses heures les plus tristes. Aliya trouve un semblant d'espoir, une lueur fragile au milieu des ténèbres. Peut-être, juste peut-être, qu'il y a encore un endroit pour elle dans ce monde, un endroit où elle pourra enfin trouver la paix qu'elle a tant cherchée.

Soudain, elle est sortie de sa bulle par la voix autoritaire du maître, donnant des instructions à la classe. C'est comme un rappel brutal à la réalité, un signal que le temps des rêveries touche à sa fin. Elle cligne des yeux, chassant les visions célestes qui l'avaient enveloppée, et se recentre sur la salle de cours, où ses camarades s'affairent déjà à suivre les directives de l'instituteur. C'est le moment de revenir à la terre ferme, de laisser derrière elle les mondes imaginaires pour affronter une fois de plus les défis du quotidien.

Pendant les premières heures de cours, Aliya lutte pour se concentrer, son esprit est encore en proie aux souvenirs douloureux de l'incident de la veille. Au fur et à mesure que la journée avance, elle retrouve un semblant de normalité. Elle se plonge dans ses leçons, se laissant emporter par le flot familier des activités scolaires. Elle éprouve du soulagement en constatant que l'atmosphère est différente de celle de la veille, plus légère et plus détendue.

Monsieur Banse, pour sa part, semble éviter le regard d'Aliya, ce qui lui permet de respirer un peu plus facilement. Elle s'efforce de se concentrer sur les cours et de participer activement aux exercices, essayant de chasser les pensées troublantes de son esprit.

Elle se rappelle ce pays natal qu'elle a quitté avec l'espoir d'un nouveau départ, pensant qu'en Occident, elle ne serait plus confrontée à la violence et à l'injustice qu'elle a connues auparavant.

Elle a découvert que la réalité est bien plus complexe. Bien qu'elle ait échappé aux circonstances difficiles de son passé, Aliya a compris que les défis et les épreuves ne disparaissent pas simplement en changeant de lieu de résidence. Les traumatismes du passé continuent à la hanter, même dans sa nouvelle vie en France.

Aliya se sent vulnérable et désemparée, réalisant que la violence et l'injustice peuvent survenir n'importe où, même dans un environnement censé être sûr et bienveillant. L'incident à l'école a agi comme un détonateur, ravivant les souvenirs douloureux qui sommeillaient dans les profondeurs de l'esprit de la fillette. Des émotions refoulées depuis trop longtemps sont remontées à la surface, comme des fantômes du passé venant hanter son présent. Chaque mot, chaque coup ont résonné avec les échos des précédentes humiliations, des injustices subies dans un autre temps, dans un autre lieu. Les peurs qu'elle pensait avoir laissées derrière elle ont surgi avec une force dévastatrice. Elle se retrouve à nouveau confrontée aux démons de son passé, à la cruauté insidieuse de ceux qui ne comprennent pas, qui ne veulent pas comprendre.

Cet incident a laissé une cicatrice profonde dans le cœur d'Aliya. Cette expérience traumatisante a déclenché en elle une réaction de protection instinctive, une sorte de bouclier protecteur contre les douleurs émotionnelles qu'elle a endurées. Elle se montre de plus en plus sur la défensive, développant une sensibilité accrue aux critiques et aux remarques désobligeantes.

Elle se sent constamment sur le qui-vive, prête à riposter à la moindre provocation, ne voulant plus jamais être la victime de l'injustice et de la violence. Sa colère, autrefois enfouie au plus profond d'elle-même, éclate maintenant à la moindre contrariété. Elle devient agressive, têtue, refusant catégoriquement de se laisser marcher sur les pieds. Elle a décidé que personne ne lui ferait plus de mal sans en subir les conséquences.

Cette transformation alarmante inquiète sa famille et ses amis, qui la voient s'éloigner de plus en plus de l'enfant aimante et douce qu'elle était autrefois. Ils essaient de lui parler, de lui faire comprendre que la violence ne résout rien, mais Aliya est sourde à leurs conseils, persuadée que c'est la seule manière de se protéger.

Pourtant, au fond d'elle-même, elle ressent un profond malaise. Elle sait que sa colère et son agressivité ne sont pas la solution. Mais elle se sent piégée dans un cycle de peur et de méfiance, incapable de trouver un moyen de sortir de cette spirale destructrice.

17. La tempête intérieure

Quelques années plus tard, l'adolescence d'Aliya ne fait que renforcer les cicatrices émotionnelles qui ont marqué son âme. Son comportement agressif et méfiant persiste, devenant presque une seconde nature pour elle. Elle continue à attaquer pour se défendre, se méfiant de tous ceux qui croisent son chemin, craignant d'être blessée à nouveau. Cette méfiance constante la maintient dans un état de stress chronique, la poussant à adopter des comportements qui la séparent d'elle-même.

Elle se retrouve progressivement attirée vers des cercles sociaux malsains, où l'amusement et la frivolité prévalent sur tout le reste. Aliya commence à fréquenter un groupe de personnes qui partagent ses sentiments de colère et de frustration envers le monde qui les entoure. Ses compagnons sont des âmes égarées, en quête d'identité et de sens dans un environnement qui leur semble hostile et injuste. Ensemble, ils se réfugient dans l'amusement et la distraction, évitant soigneusement les responsabilités et les exigences de la réalité.

Pour Aliya, ces nouvelles relations sont à la fois une source de réconfort et un danger. Elle se sent enfin comprise et acceptée par ses pairs, mais elle est également entraînée dans les vices de comportements oisifs.

Aliya se fait de plus en plus distante et désintéressée. Elle néglige ses études, convaincue que l'éducation n'a aucune valeur dans un monde aussi injuste. Elle se renferme sur elle-même, se perdant dans un tourbillon de pensées sombres et de comportements impulsifs.

Les individus qu'elle côtoie ne semblaient pas se soucier de leur avenir, préférant se perdre dans les plaisirs immédiats de la vie. Ils passent leurs journées à sécher les cours, à traîner derrière l'établissement et à se livrer à des activités à risque, à la recherche de sensations fortes pour échapper à leurs démons intérieurs. Elle se laisse emporter par l'ivresse de l'instant présent, cherchant désespérément à étouffer les voix qui résonnent dans sa tête, lui rappelant les douleurs de son passé.

Cependant, ce comportement destructeur ne fait qu'aggraver sa situation. Aliya se retrouve de plus en plus isolée, éloignée de sa famille et de ses véritables amis, enfermée dans un monde de faux-semblants. Certaines personnes se permettent même de la rabaisser, mais elle ne les contredit pas.

Pendant ce temps, au collège, ses résultats scolaires chutent de manière significative. L'école devient un terrain de jeu et plus un milieu d'apprentissage. Les personnes qui l'aiment et qui se soucient d'elle tentent désespérément de l'aider, de lui tendre la main dans l'espoir de la ramener sur le bon chemin. Mais Aliya, enfermée dans sa propre douleur et son ressentiment, repousse obstinément toute forme de soutien, persuadée qu'elle peut se débrouiller seule. Dans son esprit, l'aide qu'on lui proposait est intéressée.

Dans cette spirale descendante, Aliya se perd de plus en plus, se laissant entraîner toujours plus loin dans les ténèbres de son propre désespoir. La situation entre elle et ses parents devient de plus en plus tendue à mesure que le fossé se creuse entre eux. Pour eux, il est difficile de comprendre pourquoi leur fille rejette si fermement les valeurs culturelles et l'éducation qu'ils ont essayé de lui transmettre avec tant d'amour et de dévouement. Ils sont déconcertés par son obstination à suivre un chemin si différent de celui qu'ils ont espéré pour elle.

Dans leur désespoir, ils tentent désespérément de la retenir, de lui rappeler les traditions et les valeurs qui leur sont chères. Ils essaient de lui offrir des conseils, espérant qu'elle reviendra sur le droit chemin en adoptant le modèle de la société de l'époque.

Cependant, Aliya reste sourde à leurs injonctions tout en faisant croire qu'elle va les écouter. Elle se sent étouffée par les attentes et les jugements de sa famille, convaincue que chaque mot est une tentative de manipulation visant à la contrôler. Elle refuse catégoriquement de se soumettre à toute forme d'autorité, préférant suivre son propre instinct, même si cela la conduit à s'éloigner davantage de ses proches.

Le fossé entre Aliya et sa famille se creuse, alimenté par le ressentiment, la frustration et le manque de compréhension. L'adolescente se sent de plus en plus isolée et seule, cherchant un refuge dans des amitiés superficielles et des comportements autodestructeurs qui ne font que renforcer ce vide intérieur qu'elle éprouve.

Le collège représente à la fois un refuge pour Aliya et un terrain miné où les défis et les obstacles se multiplient. C'est le seul endroit où elle se sent vraiment vivante, où elle peut échapper à la pression étouffante de sa vie quotidienne.

Pourtant, même là-bas, elle ne peut fuir la réalité cruelle de son existence. Elle subit parfois des moqueries qui la replongent dans son mal-être. Elle perçoit des commentaires désobligeants et des regards méprisants, simplement parce qu'elle ne s'habille pas comme les autres. Son refus de se conformer aux normes sociales et son rejet des valeurs culturelles de sa famille la rendent vulnérable aux attaques de ses camarades du collège.

En outre, Aliya a constaté qu'il y a une différence entre les enfants d'ouvriers et les autres. C'est ici qu'elle découvre les inégalités socio-économiques. Cette disparité des ressources crée également des divisions identitaires profondes au sein de l'école. Les élèves se regroupent en fonction de leur origine ethnique, de leur religion ou de leur niveau de vie, créant des cliques exclusives et des tensions palpables entre les différents clans.

Pour Aliya, chaque jour au collège est un défi. Elle doit lutter non seulement pour trouver sa place dans un environnement hostile, mais aussi pour se battre contre les injustices et les inégalités qui déchirent le tissu social de l'école.

Un jour, alors qu'Aliya est en classe, sa copine lui murmure à l'oreille une proposition audacieuse : « Et si on séchait les cours pour aller se balader au centre commercial du coin ? »

Cette suggestion excitante fait battre le cœur d'Aliya à tout rompre. Elle sait pertinemment qu'elle n'a pas le droit d'aller dans cette zone sans l'autorisation de ses parents, et encore moins de sécher les cours. Mais l'idée de s'aventurer dans l'interdit est tout simplement irrésistible.

Aliya hésite un instant, laissant les pensées contradictoires tourbillonner dans son esprit, puis, succombant à la tentation, elle acquiesce d'un signe de tête. Ensemble, elles quittent discrètement le collège et se dirigèrent vers le centre commercial. Le trajet est ponctué d'excitation et d'appréhension mêlées.

Une fois arrivées, elles pénétrèrent dans les allées du magasin, se laissant emporter par le frisson de l'interdit. Elles glissent discrètement dans leurs vêtements différents articles, oubliant la présence des caméras de surveillance. Cependant, une vague de culpabilité commence à s'immiscer dans l'esprit d'Aliya. Elle regarde autour d'elle, réalisant soudainement l'ampleur de ce qu'elles sont en train de faire. C'est mal. Elle veut arrêter, mais sa copine semble déterminée à poursuivre.

Aliya est partagée entre l'excitation de l'aventure et la peur des conséquences. Elle sait qu'elles risquaient d'être prises sur le fait et que cela pourrait avoir des répercussions graves, non seulement pour elles, mais aussi pour leurs familles. Elle se sent prise au piège dans un engrenage de mauvaises décisions.

Lorsqu'elles essaient de sortir, les vigiles les interrogent sévèrement, cherchant à obtenir des aveux. Aliya se sent tiraillée entre la loyauté envers son amie et le poids écrasant de la culpabilité.

Le temps semble s'étirer indéfiniment alors qu'elles attendent dans le local de surveillance, confrontées à la perspective de devoir affronter les conséquences de leurs actes. Aliya, décidée à protéger sa copine, prend toute la responsabilité sur ses épaules en gardant le silence sur l'implication de sa complice dans le vol. Celle-ci lui promet de revenir avec de l'argent pour régler l'addition et lui assure que tout rentrera dans l'ordre.

Cependant, les heures passent sans qu'elle revienne, laissant Aliya seule et désemparée. Son sacrifice est vain, sa copine ne tient pas sa promesse. Sans argent pour payer l'addition et la libérer, les vigiles n'ont d'autre choix que d'appeler la police.

Lorsque les forces de l'ordre arrivent, Aliya vit une nouvelle épreuve : celle de faire face aux conséquences légales de ses actes. Dans cette situation désespérée, elle est prise dans un tourbillon d'émotions contradictoires : la colère envers sa copine pour avoir brisé sa promesse, la peur des conséquences imminentes de ses actes et le sentiment d'avoir été trahie et abandonnée.

Alors que les policiers l'emmènent, Aliya se demande ce qui l'attend. Elle se rend compte que son acte de loyauté envers sa copine a eu des conséquences désastreuses, mettant en péril son avenir et sa réputation. Elle sait que ses parents seront dévastés quand ils découvriront ce qu'elle a fait, et elle se demande comment elle pourra leur faire face.

Tremblante et honteuse, elle patiente dans un silence tendu, redoutant la réaction de sa famille face à cette nouvelle bouleversante. L'attente interminable dans le commissariat est un calvaire pour la jeune Aliya, âgée de seulement quinze ans. Assise là, seule et vulnérable, elle ressent un mélange d'angoisse et de désespoir face à l'incertitude de son avenir. Chaque minute qui passait semble durer une éternité, accentuant sa détresse et sa solitude.

Lorsque finalement, ses parents arrivent, l'humiliation et la peur d'Aliya atteignent un sommet. Voir ses piliers de soutien témoins de sa chute est une expérience déchirante. Elle sent le poids de leur déception et de leur colère peser lourdement sur ses épaules, ajoutant à son sentiment d'abandon et de désespoir.

De retour à la maison, l'atmosphère est électrique. Sa mère, habituellement calme et réservée, entre dans une rage inhabituelle. Les reproches fusent. Aliya se sent écrasée sous la force de leur désapprobation, réalisant l'ampleur de ses erreurs et le tort qu'elle a causé à sa famille. Confrontée à la dure réalité de ses actions, elle comprend maintenant l'impact de ses décisions sur sa propre vie et sur celle de ceux qui lui sont chers.

Le point culminant de la souffrance d'Aliya survient lorsqu'elle se rend avec sa famille chez ses grands-parents pour les vacances dans leur maison familiale. Le poids écrasant de la honte et de la culpabilité l'accompagnent partout où elle va, mais elle espérait secrètement trouver du réconfort et du soutien auprès de ses proches. Cependant, cette illusion de répit a été brisée lorsque son père a décidé de relater les événements qui ont conduit à l'arrestation d'Aliya. Assise dans la terrasse, entourée de sa famille élargie, la jeune fille sent son cœur se serrer d'appréhension alors que son père expose les détails de ses erreurs.

Chaque mot résonne dans la pièce comme un coup de poignard, faisant renaître l'humiliation et la douleur qu'Aliya a tant essayé de refouler. Elle voit le regard désapprobateur de ses grands-parents, témoins de sa chute, et sent la déception peser lourdement sur elle.

L'impression d'être jugée par sa propre famille est accablante pour Aliya. Elle se retrouve encore isolée et incomprise, incapable d'échapper au poids de ses erreurs passées. La honte et la culpabilité menacent de l'écraser sous leur emprise.

Au retour de ces vacances éprouvantes, Aliya est métamorphosée. Son corps frêle et délicat, autrefois empreint de vitalité, paraît maintenant épuisé et fragile. Son visage est marqué par la fatigue et l'anxiété, ses traits tirés et creusés par le poids des épreuves qu'elle a traversées.

Le changement le plus frappant est sa perte de poids significative. Déjà mince de nature, elle est désormais d'une maigreur extrême. Ses vêtements pendent sur son corps chétif, ses os saillent sous sa peau tendue. Elle est devenue l'ombre d'elle-même, une coquille vide de toute joie de vivre.

Malgré les efforts de sa famille pour la soutenir et l'encourager à se rétablir, Aliya semble prisonnière de son propre tourment. Elle se retire de plus en plus dans son propre monde, se perdant dans les méandres de ses pensées sombres et oppressantes.

Pour ceux qui l'aiment, voir Aliya dépérir de la sorte est déchirant. Ils sont impuissants face à sa souffrance, désireux de lui tendre la main. Dans leur désir ardent de l'aider, ils demeurent guidés par leurs propres convictions, expériences et croyances, ce qui peut parfois entrer en conflit avec les besoins et les sentiments d'Aliya. Ses parents ont des attentes rigides quant à la manière dont elle devrait réagir ou aborder ses études.

Celle-ci, déterminée à prendre le contrôle de sa vie, a décidé de s'endurcir et de se méfier des amitiés délétères qui l'ont entraînée dans des situations néfastes par le passé. Elle a réalisé que pour avancer, elle doit faire preuve de discernement dans le choix de ses amis et s'entourer de personnes positives et bienveillantes. Ainsi, elle devient plus sélective dans ses relations, prenant le temps de mieux connaître les personnes avant de leur accorder sa confiance.

Six mois après le retour des vacances, une nouvelle épreuve vient ébranler la famille : la grand-mère paternelle, Hanna, vient de décéder. Cette nouvelle tombe comme un coup de massue, plongeant tout le monde dans un abîme de tristesse et de désarroi.

La douleur est d'autant plus forte que la famille se trouve éparpillée, incapable de se rassembler complètement au Maroc pour lui dire adieu.

Seul Hussein décide de prendre le chemin du retour, laissant ses enfants et son épouse en France. Il se retrouve ainsi seul à affronter le poids de la séparation et de la perte, ressentant cruellement le vide laissé par l'absence de ses proches à ses côtés.

Pour Hussein, le voyage vers le Maroc est à la fois un devoir et une épreuve. Accompagner sa mère dans son dernier voyage est un geste de respect et d'amour filial. Malheureusement, cette intention ne sera pas exaucée.

Lorsque Hussein a reçu la nouvelle du décès de sa mère, il n'a pas perdu un instant pour acheter un billet d'avion afin de se rendre auprès des siens. Mais les délais entre la réservation et le départ semblent s'étirer à l'infini et, malgré tous ses efforts, il ne peut arriver à temps pour assister à l'enterrement de l'être qui lui était si cher.

Quand il franchit enfin le seuil de la maison familiale, épuisé par le voyage et alourdi par le poids de la culpabilité, son frère lui ouvre la porte. Dans un élan spontané de désespoir et de réconfort mutuel, ils se serrèrent longuement dans les bras, cherchant dans cette étreinte un semblant de soulagement à leur douleur commune.

Hussein aperçoit alors son père, assis au loin sur une chaise, revêtu de sa *abaya* blanche, sa *chachia* posée sur la tête et une canne dans la main droite. Son regard, empreint d'une émotion indescriptible, fixe son fils prodigue qui rentre à la maison pour partager un moment de tristesse en famille.

Arrivé à ses pieds, Hussein sent ses forces l'abandonner, ses genoux fléchissant sous le poids écrasant de la douleur. Il s'effondre devant son père, laissant échapper un torrent de larmes longtemps contenu, trouvant dans ce geste humble et désespéré un refuge pour son âme meurtrie. Et dans cet instant de vulnérabilité partagée, père et fils se retrouvent unis dans leur chagrin, cherchant ensemble la force de surmonter l'indicible.

Le départ de Hanna est un coup dur pour tous. Il laisse un immense trou dans le cœur de la famille, un vide palpable dans chaque recoin de la maison. Les souvenirs, les rires partagés, l'attitude autoritaire qui a rythmé cette maison pendant tant d'années se sont évaporés avec elle, laissant derrière eux un silence pesant, imprégné de regrets et de remords.

Avec le temps, le manque de sa présence bienveillante devient de plus en plus écrasante, rappelant à chacun combien elle a été le pilier qui a uni leur famille à travers les années.

C'est dans ces moments poignants que la dure réalité de l'immigration se révèle dans toute sa cruauté. Les familles se retrouvent souvent déchirées par les nécessités économiques, et c'est alors que la séparation devient un poids insupportable, tant dans les moments de bonheur que dans les heures sombres.

Les retrouvailles familiales, autrefois baignées de joie et de réconfort, deviennent des oasis rares et précieuses dans un désert d'isolement. Chaque étreinte est empreinte d'une émotion déchirante, mêlant l'allégresse des retrouvailles à l'amertume de l'absence qui les a précédées. Les larmes coulent, les cœurs se serrent, et dans chaque regard échangé se reflètent la souffrance de la distance et le poids de l'absence.

Pourtant, parfois, cette séparation prolongée engendre des incompréhensions profondes, des écarts de langage de vie entre la fille qui reste au pays et celle qui vit à l'étranger. Les expériences différentes, les cultures distinctes, créent des barrières invisibles qui rendent la communication difficile, amplifiant la douleur de la séparation et nourrissant le sentiment de déracinement.

Et pourtant, malgré ces obstacles, l'amour familial demeure, inébranlable. Car au-delà de la distance et des incompréhensions, il y a toujours cette flamme qui brûle au fond de chaque cœur, cette force qui unit les membres d'une même famille, même à travers les océans et les frontières.

Les vacances, les anniversaires, les fêtes religieuses, tous ces moments qui devraient être des occasions de joie en famille sont souvent assombris par l'absence de certains êtres chers. Les sourires se teintent de tristesse, car même au milieu des célébrations, il y a toujours une pensée pour ceux qui sont loin.

Et lorsque le coup dur survient, comme la perte d'un être cher, la douleur de la séparation devient insupportable. Les familles se retrouvent impuissantes, incapables de se rassembler pour pleurer ensemble, pour se soutenir mutuellement. Les adieux sont déchirants, d'autant plus qu'ils sont souvent précédés par des années de séparation et de sacrifices.

L'immigration, avec toutes ses difficultés et ses défis, laisse un vide émotionnel difficile à combler. Les appels téléphoniques peuvent atténuer la douleur, mais ils ne peuvent jamais remplacer la chaleur d'une étreinte, le réconfort d'un regard, ou la force d'une présence physique. Malgré la distance et les obstacles, les familles immigrées continuent de se battre, de se soutenir mutuellement, de trouver des moyens de rester connectées. Leur amour transcende les frontières et les océans, et c'est cette force qui leur permet de traverser les moments les plus difficiles avec dignité et résilience.

Pourtant, en France, certaines personnes n'hésitent pas à traiter les personnes d'origine étrangère de profiteurs, d'envahisseurs. Cette violence verbale vient s'ajouter à celle de la séparation d'une mère, d'un père, d'une fratrie, d'amis et de voisins bien-aimants. Ces stigmatisations et préjugés infligent des blessures invisibles mais profondes aux individus et aux familles déjà éprouvées par les défis de l'immigration. Se sentir rejeté dans son pays d'adoption, être traité comme un étranger indésirable, ajoute une couche supplémentaire de douleur à une expérience déjà difficile. La violence verbale et la discrimination exacerbent le sentiment d'isolement et d'exclusion.

Les personnes d'origine étrangère se retrouvent confrontées à un dilemme déchirant : elles sont écartelées entre deux mondes, ne se sentant pleinement acceptées ni dans leur pays d'origine ni dans leur pays d'adoption. La quête d'identité devient un combat constant, et chaque jour est un nouveau défi pour trouver sa place dans une société qui semble parfois hostile.

La séparation forcée de la famille et des proches est déjà une épreuve suffisamment lourde à porter. Ajouter à cela le poids des préjugés et de la discrimination ne fait qu'aggraver le fardeau émotionnel. Le mal-être se nourrit de cette injustice, de cette incompréhension, de cette violence verbale et symbolique.

Pourtant, malgré toutes ces difficultés, de nombreuses personnes d'origine étrangère continuent de faire preuve d'une résilience remarquable. Elles trouvent la force de persévérer, de surmonter les obstacles et de contribuer positivement à la société qui les entoure. Leur histoire est celle d'une lutte pour la reconnaissance, pour l'égalité des chances, pour un monde où chacun peut s'épanouir, quelle que soit son origine.

18. Un souffle nouveau

Cette épreuve renforce Aliya. Malgré la tourmente émotionnelle dans laquelle elle se trouve, un espoir brille toujours dans son cœur. Cette petite lueur lui rappelle qu'elle a encore la possibilité de se racheter et de reconstruire sa vie sur des bases plus solides. Forte de cette conviction, elle prend une décision courageuse : revenir aux bases.

Elle réalise qu'elle doit faire des changements radicaux dans sa vie pour se sortir de cette spirale de désespoir. Elle commence par changer de cercle social, s'éloignant des personnes qui l'ont entraînée dans des situations néfastes. Elle se tourne vers des amis plus positifs et bienveillants, cherchant un environnement propice à sa guérison.

De plus, Aliya décide de s'accrocher à ses études avec détermination. Elle réalise que l'éducation est sa clé pour un avenir meilleur, et elle s'investit pleinement dans ses cours.

Elle a des facilités intellectuelles, ce qui lui permet tout juste d'atteindre son but. Peu à peu, grâce à son courage, sa détermination et son engagement envers le changement, Aliya commence à reconstruire sa vie. Elle découvre une nouvelle force en elle-même, une force qui lui permet de surmonter les obstacles et de se relever après chaque chute.

Lors des conseils de classe, la professeure principale d'Aliya tente à plusieurs reprises de l'orienter vers ce qu'on appelle à tort la « voie de garage » : les formations professionnelles telles que le CAP ou le BEP.

Cette recommandation est motivée par les résultats fragiles d'Aliya, ainsi que par son âge relativement avancé par rapport à ses camarades de classe, en raison de son arrivée tardive en France.

En effet, l'expérience scolaire d'Aliya a été marquée par plusieurs obstacles. Elle s'est retrouvée obligée d'intégrer une classe spécialisée dans l'apprentissage du français, ce qui a entraîné un retard de deux années scolaires par rapport à son âge. De plus, elle a dû redoubler sa cinquième, principalement en raison de son attitude rebelle.

Face à ces difficultés et ces recommandations d'orientation, Aliya se sent profondément découragée. Elle se demande si elle a réellement une chance de réussir dans le système éducatif français, ou si elle est condamnée à suivre une voie prédestinée par les autres.

Pourtant, malgré les doutes qui l'assaillent, une part d'Aliya refuse de se résigner à un destin qu'on lui impose. Elle sait au fond d'elle-même qu'elle a du potentiel, même si cela a été étouffé par ses luttes personnelles et les défis qu'elle a rencontrés sur son chemin. Peut-être que les voies traditionnelles de l'éducation ne sont pas faites pour elle, mais cela ne signifie pas qu'elle est condamnée à l'échec.

Ainsi, armée de détermination et de courage, Aliya décide de relever le défi qui se dresse devant elle. Elle est déterminée à prouver à tous ceux qui doutent d'elle qu'elle est capable de réussir, peu importent les obstacles qui se dressent devant elle. Et même si la route sera longue, elle est prête à l'affronter avec résolution et espoir.

Elle est bien décidée à se battre pour une vie meilleure, non seulement pour elle-même, mais aussi pour tous ceux qui luttent contre les mêmes injustices et inégalités qui ont marqué son parcours. Elle est prête à faire tout ce qui est en son pouvoir pour changer les choses, une bataille à la fois.

Face à ses enseignants, Aliya décide de transformer la douleur et les défis qu'elle a rencontrés en motivations pour réussir. Malgré les difficultés qu'elle traverse, elle se concentre sur ses études avec un objectif précis en tête. Chaque jour, elle se lève avec un esprit combatif, déterminée à prouver à elle-même et aux autres qu'elle peut surmonter n'importe quelle épreuve.

Avec un travail acharné et une discipline exemplaire, Aliya réussit non seulement son année scolaire, mais elle parvient aussi à exceller dans la branche qu'elle a choisie. Elle utilise chaque obstacle comme une occasion d'apprendre, se nourrissant de ses expériences passées pour devenir une élève encore plus forte et plus résiliente.

Au fil des années, Aliya continue sur sa lancée, surmonte les défis un par un et se fraie un chemin vers la réussite.

Grâce à sa détermination inébranlable et à son engagement envers l'excellence, Aliya franchit toutes les étapes de son parcours scolaire avec brio. Elle obtient ses diplômes avec les honneurs, réalisant ainsi le rêve qu'elle s'était fixé malgré les obstacles et les adversités.

Pour Aliya, chaque réussite est une victoire personnelle, une affirmation de sa force intérieure et de sa résilience. Ainsi, chaque diplôme qu'elle obtient est bien plus qu'un simple morceau de papier. C'est le symbole de sa persévérance et de sa capacité à surmonter les défis les plus difficiles. Et avec chaque succès, Aliya continue d'inspirer ceux qui l'entourent, leur montrant qu'avec courage et persévérance, rien n'est hors de portée.

Après ses études, Aliya fait son entrée dans le monde professionnel avec détermination et passion. Grâce à ses excellents résultats académiques et à sa volonté inébranlable de faire une différence, elle est remarquée par un cabinet d'avocats réputé. Elle est embauchée en tant que responsable du département de défense des minorités, une opportunité qui lui permet de mettre en pratique ses valeurs et son engagement en faveur de la justice sociale.

Dans ce rôle, elle s'engage à défendre les droits des personnes marginalisées et discriminées, utilisant son expertise juridique pour lutter contre les injustices et promouvoir l'égalité pour tous. Grâce à son acharnement, son éthique de travail irréprochable et son empathie envers les plus vulnérables, Aliya devient rapidement une figure respectée dans le domaine juridique.

Elle travaille sans relâche pour faire entendre les voix des minorités et pour défendre leurs droits devant les tribunaux. Sa ténacité et son engagement envers la justice lui valent rapidement le respect et l'admiration de ses pairs, ainsi que la reconnaissance de ses clients.

Aliya se sent épanouie dans son rôle, sachant qu'elle a enfin trouvé sa vocation et qu'elle utilise ses talents pour faire une réelle différence dans la vie des gens. Chaque jour, en tant que responsable du département de défense des minorités, Aliya se lève avec une mission : celle de défendre les droits fondamentaux de ceux qui sont injustement traités ou ignorés par la société. Elle lutte pour un monde plus juste et plus égalitaire pour tous. Et dans ce combat, elle sait qu'elle ne sera jamais seule, car elle peut compter sur le soutien et la solidarité de ceux qui partagent sa vision d'un monde meilleur.

Au cœur de ses engagements professionnels passionnants et exigeants, Aliya décide de s'accorder une parenthèse bien méritée. Elle retourne dans son pays d'origine pour se reposer et célébrer le mariage de sa sœur Amina. C'est lors des festivités, dans une atmosphère chargée d'émotion et de rires, qu'Aliya fait la connaissance de Maher.

Avec son charme naturel, il attire immédiatement son attention. Mais au-delà de son apparence, c'est son détachement vis-à-vis des convenances qui touche Aliya en plein cœur. Il se distingue par sa capacité à savourer chaque instant de la vie, à infuser de la joie dans les moments les plus simples. Son authenticité et son amour pour la vie éveillent quelque chose de profond en Aliya, un écho qu'elle n'avait pas ressenti depuis longtemps.

Ce soir-là, sous les étoiles et les lumières scintillantes de la fête, entourés de musiques et de danses traditionnelles, Aliya et Maher échangent des regards et des mots qui semblent suspendus hors du temps. En l'espace de quelques heures, il lui montre une nouvelle perspective sur la vie, une manière de vivre pleinement et authentiquement, en dépit des attentes et des pressions extérieures. Pour Aliya, ce moment devient un tournant, une redécouverte de soi à travers la rencontre de cet homme qui incarne la liberté et la joie de vivre.

Il est celui qui la fait rire aux éclats, qui lui offre cette fraîcheur et cette légèreté dont elle avait tant besoin. Leur rencontre est comme un rayon de soleil au milieu d'une journée sombre et pluvieuse. Ils partagent des moments de complicité, se perdant dans des conversations passionnantes et des éclats de rire contagieux.

Avec Maher, Aliya se sent vivante et libre, comme si elle pouvait enfin respirer après s'être retenue trop longtemps par la pression de la vie professionnelle. Il lui apporte de la joie et de la légèreté, lui permettant de se détendre et de profiter pleinement de chaque instant. Elle peut être elle-même, sans masque ni artifices, et cela lui procure un sentiment de bonheur et de plénitude qu'elle n'avait pas ressenti depuis longtemps.

Bien que leur relation soit encore jeune et pleine de promesses, Aliya est certaine qu'elle a trouvé quelque chose de spécial en lui. Il est plus qu'un simple compagnon de route ; il est son partenaire, son confident, son ami. Avec lui à ses côtés, elle sait qu'elle peut affronter tous les défis qui se présenteront à elle avec courage, détermination et amour.

C'est avec lui qu'elle veut partager sa vie et construire un avenir. Convaincue de sa décision, elle prend la courageuse résolution de s'engager et d'épouser cet homme qui lui apporte tant de bonheur.

Avant de franchir cette étape importante, Aliya décide de présenter son compagnon à ses parents. Avec appréhension mais confiance, elle les invite à faire la connaissance de celui qui va devenir le père de ses futurs enfants. À son grand soulagement, ses parents accueillent Maher avec bienveillance et ouverture d'esprit.

Ils prennent le temps de le connaître, d'échanger avec lui, et découvrent en lui les qualités et les valeurs qui ont séduit leur fille. Au fil des rencontres et des échanges, une véritable complicité se développe entre eux. Ils se rendent compte que cet homme partage les mêmes aspirations et ambitions pour l'avenir que leur fille, et qu'il est prêt à la soutenir dans toutes les étapes de sa vie. Finalement, devant le soutien et l'approbation chaleureuse de ses parents, Aliya et son compagnon décident de franchir le pas et de sceller leur amour par le mariage.

C'est un jour de bonheur et d'émotion, où deux familles se sont réunies pour célébrer l'union d'âmes sœurs destinées à parcourir ensemble le chemin de la vie. Ainsi, avec l'amour et le soutien de ses proches, Aliya entame un nouveau chapitre de sa vie, rempli de promesses et de possibilités. Elle est reconnaissante d'avoir trouvé un compagnon aussi merveilleux, et elle sait qu'avec lui à ses côtés, elle peut affronter tous les défis avec confiance et détermination.

Effectivement, pour Aliya, cette union ne représente pas seulement un mariage ordinaire. C'est le début d'une aventure palpitante, une vie partagée dans laquelle elle et son compagnon réaliseront ensemble leurs rêves les plus chers et poursuivront leurs aspirations les plus profondes. Cette nouvelle étape de sa vie est une opportunité pour Aliya de se défaire de ses vieux démons, de laisser derrière elle les épreuves du passé et de s'en dépouiller complètement pour embrasser la vie qu'elle mérite vraiment. Elle est décidée à incarner pleinement qui elle est réellement, à embrasser son authenticité et à vivre chaque jour avec passion et conviction. Elle est impatiente de voir ce que le futur leur réserve, confiante sur le fait que les plus belles aventures sont encore à venir.

C'est ainsi qu'Aliya réalise que le bonheur et le bien-être ne dépendent pas du lieu où elle se trouve, mais plutôt de son état intérieur. Elle a traversé des mers et des frontières, cherchant un refuge contre les traumatismes et les difficultés qu'elle a rencontrés dans son pays d'origine.

Pourtant, même là où elle espérait atteindre le bonheur, elle a aussi expérimenté la violence et a dû redoubler d'efforts pour se sentir acceptée et intégrée, confrontée à des préjugés et à des obstacles qui semblaient insurmontables.

Finalement, Aliya a compris que l'eldorado tant recherché n'existe pas à l'extérieur, mais bien dans les profondeurs de son propre cœur.

C'est là qu'elle a découvert la véritable richesse, la paix et la joie qui ne dépendent de rien ni de personne d'autre. C'est là qu'elle a découvert le pouvoir de surmonter les obstacles, de guérir les blessures du passé et de s'épanouir pleinement dans le présent. Son eldorado, c'est son propre être, avec toutes ses facettes et ses merveilles. C'est là qu'elle peut se retrouver, se réconforter et se ressourcer. C'est là qu'elle puise la force d'affronter les défis et la sagesse de suivre son propre chemin.

Et peu importe où la vie la mènera, elle sait qu'elle portera toujours en elle cette source inépuisable de bonheur et de paix. Avec cette compréhension profonde, elle est prête à faire face à l'avenir avec confiance, gratitude et amour, sachant que son véritable trésor résidera toujours en elle.

Le secret le plus précieux qu'Aliya découvre dans son cœur est la présence divine, celle qu'elle a fuie pendant si longtemps. En se reconnectant à Dieu, elle trouve une source infinie d'amour, de compassion et de guidance qui ont toujours été là, attendant patiemment qu'elle revienne à sa rencontre. Dans le silence de son être intérieur, Aliya ressent la présence réconfortante de Dieu, une présence qui lui offre une paix profonde et une certitude inébranlable. Elle comprend qu'Il était avec elle à chaque instant, l'entourant de son amour infini et la guidant sur son chemin de vie avec sagesse et bienveillance.

En retrouvant Dieu dans son cœur, Aliya découvre également un sens à l'univers qui l'entoure et une connexion plus profonde avec celui-ci. Elle réalise que sa vie fait partie intégrante d'un plan divin plus vaste, et que chaque défi, chaque épreuve, est une opportunité de croissance et d'évolution spirituelle.

À travers sa relation renouvelée avec Dieu, Aliya trouve la force de pardonner, de guérir et de se réconcilier avec son passé. Elle réalise que même dans les moments les plus sombres de sa vie, Dieu était toujours là, l'entourant de son soutien et de son amour inconditionnel et lui offrant une lumière pour éclairer son chemin.

Ainsi, en retrouvant Dieu dans son cœur, Aliya atteint la paix et la plénitude qu'elle a longtemps cherchées à l'extérieur. Elle comprend que le véritable bonheur réside dans la présence de Dieu, dans la communion avec son être profond, et elle s'engage à cultiver cette relation précieuse tout au long de sa vie.

Table des matières

Remerciements — 7
1. Une fillette espiègle — 9
2. Grand-Père, flamme de sagesse — 19
3. Hanna, une histoire de courage — 25
4. Zohra, l'épouse discrète — 35
5. Hussein, le pilier — 43
6. La quête d'une vie meilleure — 49
7. Les eaux du destin — 61
8. Le retour aux sources — 67
9. Le départ des parents — 73
10. Aliya face à la solitude — 81
11. L'école du village — 89
12. Les retrouvailles — 95
13. Le déracinement — 103
14. Le nouveau monde — 111
15. Un nouveau domicile — 119
16. L'école française — 127
17. La tempête intérieure — 139
18. Un souffle nouveau — 153